Harmless Relationship

「 무해한 」 인간관계를 위하여

따뜻한 수프 지음

「 무해한 」
인간관계를 위하여

「 차례 」

1장
나의 자존과 무해한 인간관계를 위하여

2장
나의 무해한 사랑과 이별을 위하여

3장
나의 성장과 무해한 사회생활을 위하여

언제든지 내 편이 되어주는 사람
지금, 당신 곁에 있나요?

[의미 없는 관계만 가득할 때]

남들은 다 쉽게 하는 연애가 나만 유달리 어렵게 느껴질 때가 있다. 아는 지인은 책 사러 갔다가 썸을 탔고, 친구 한 명은 본인 과실로 자동차 접촉사고를 냈는데, 상대 운전자가 미안하면 밥을 사라고 하더란다. 아마도 합의금이 필요한 게 아니라 친구 번호가 필요했던 모양이다.

연애뿐만 아니라 친구 관계도 마찬가지다. 자주 보는 친구는 있지만 무거운 내 마음 편히 내려놓을 수 있는 곳은 '작은 내 방 안' 밖에 없는 경우도 많다. 가슴이 답답해서 친구를 만났지만 결국은 집에 혼자 있을 때 편안한 숨이 쉬어지는 것이다.

의미 없는 관계 속에서 이리저리 치이며 하루를 별 것 없이 보내서 일까? 괜히 나까지 별 것 없는 사람이 되어버린 기분이다.

연애고 대인관계고 딱히 관심 없고, 귀찮은 줄만 알았는데 너무 지쳐서 감정이 무뎌졌을 뿐, 사실 꽤 외로운 상태일지도 모른다. 자려고 누워서 잠시 뒤척이다 잠깐 켠 SNS에 피드를 보고 있자면 불현듯 그런 생각이 든다.

"다들 좋아 보이는데, 왜 나만 이렇게 힘들고 외로운 걸까?"

[우리에게 진짜 필요한 관계]

한 대학생이 박사 논문 과제로 인해 특별한 유대관계를 형성했던 일이 있다. 미국 남서부에 있는 나바호족 인디언 보호구역에서 인디언 부족과 함께 1년의 세월을 보내게 된 것이다. 1년 후 다시 학교로 돌아가야 할 때가 되었을 때, 인디언 부족은 송별회도 열어주었고 그 학생과의 이별을 너무나도 슬퍼했다. 특히 원주민 가족 중 한 할머니는 눈물을 흘리면서 이렇게 말했다고 한다.

"I like me best when I'm with you"
(나는 너와 함께 있을 때의 내가 가장 좋아)

서툰 영어였지만 그 어떤 문장보다 고마움과 아쉬움이 담긴 작별 인사였다. 책 '좋은지 나쁜지 누가 아는가'에서 소개된 이 이야기를 통해 저자 류시화는 독자에게 이렇게 되물었다.

누군가가 당신에게 "나는 너와 함께 있을 때의 내가 가장 좋아." 라고 말할 수 있는 그런 행운을 가졌는가?

이 질문에 정말 많은 생각이 들었다. 그런 관계가 지금 내 곁에 있는지, 나도 누군가에게 그런 행복을 느끼게 할 수 있는 사람인지에 대해 말이다. 좋은 인연은 함께 있는 시간뿐만 아니라 그 시간 속에 있는 나 자신까지 더 좋아지게 만든다. 그렇기에 함께 할수록 내가 더 나다워지고, 고마운 그 사람에게 더 좋은 사람이 되어 주고 싶게 만든다. 그런 관계가 나에게 정말 필요했었다.

[옷깃 스쳤다고 다 인연은 아니다]

옛말에 그런 말이 있다.

'옷깃만 스쳐도 인연이다.'

그저 스쳐 지나가는 사람도 있고, 누군가는 내게 특별한 **인연**이 되기도 한다. 하지만 옷깃뿐만 아니라 내 멱살을 뒤흔들며 **악연**이 되는 경우도 종종 있다. 좋지 않은 인연은 나 자신을 말라비틀어진 낙엽처럼 느껴지게 한다. 나무에서 떨어져 땅 위에서 사람들에게 이리저리 치이는 느낌. 그리고 그 시간은 지독하게도 천천히 흘러간다. 작년보다 올해가 더 추우면 유독 겨울이 길게 느껴지는 것처럼 말이다. 손끝에서 시작된 차가움이 마음마저 차갑게 만들 때면 이런 생각이 든다.

'이러다 봄이 오지 않는 게 아닐까?'

그렇지만 봄은 반드시 찾아온다. 그리고 긴 기다림 끝에 만난 봄은 더욱더 따스하고 소중하게 느껴진다. 시기와 정도의 차이가 있을 뿐, 좋은 관계는 연인의 모습으로, 때론 친구와 지인의 모습으로 반드시 나를 찾아온다.

이 책은 건강한 관계를 꿈꾸고 유해한 관계로부터 나를 지키고 싶은 사람을 위해 쓴 책이다. 무의미하고 불필요한 관계는 단호하게 끊고, 내게 꼭 맞는 관계는 지나치지 않고 특별한 인연으로 발전시켰으면 한다. 나 역시 감정적으로 말라버리고, 타인을 바라보는 시선조차 차갑게 얼어붙어 버린 적이 있었다. 그때 따뜻한 봄바람처럼 다가와 마음 깊이 새겨진 시 한 편이 있다. 이 시가 당신에게도 따뜻함을 불러일으켜 주길 바라본다.

우리 살아가는 일 속에
파도치는 날 바람 부는 날이
어디 한두 번이랴
(중략)

사랑하는 이여
상처받지 않은 사랑이 어디 있으랴
추운 겨울 다 지내고
꽃필 차례가 바로 그대 앞에 있다.

- 김종해 시인 <그대 앞에 봄이 있다> 중에서

당신에게 다가올 봄이 있다. 더 찬란하게 꽃을 피우기 위해 시간이 좀 더 필요했을 뿐, 조금 늦었지만 이제 모든 준비를 마치고 그대 앞에 다가와 있다. 너무 늦게 온 게 아닌가 미안해하면서도 한편으론 지금까지 버텨준 당신에게 고마워하면서 말이다. 그러니 너무 힘들어하지 않았으면 좋겠다. 너무 오래 얼어붙어 있지 않았으면 좋겠다.

바로 그대 발아래에 따스한 봄이 와 있으니까.

당신의 무해한 관계를 위해

1.
나의 자존과
무해한 인간관계를 위하여

“좋은 관계는 나를 아껴주고
사랑하는 것에서부터 시작된다.”

나를 사랑하는 법을 모를 땐 어떻게 해야 할까?

[우린 모르는 게 아니라 잊고 있을 뿐이다]

'나를 사랑해야 한다.'라는 말은 사실 나에게 크게 와닿지 않던 말이다. 자기애가 중요하다는 걸 귀에 딱지가 앉도록 들었지만, 솔직히 말해 그리 큰 영향을 받진 못한 것 같다. 와닿지 않은 말은 당연히 내 귓가에 오래 머무르지 못했고, 그래서인지 눈에 들어오는 건 죄다 자기계발뿐이었다. 스스로에게 '잘하고 있어~'라는 말보단 '책 10분만 더 보자'라는 말이 나에게 더 필요한 말처럼 느껴졌기 때문이다. 그래서 주변 사람들에게도 자주 이런 이야기를 했다.

"나의, 나에 의한, 나를 위한 사랑하는 방법은 더 많은 것을 배우

고 앞으로 나아가는 것 뿐이야."

물론, 지금은 너무나 잘 알고 있다. 내 생각이 정말 단순하기 그지없었다는 걸. 전설이 되어버린 에이브러햄 링컨의 게티즈버그 연설(국민의, 국민에 의한, 국민을 위한 정부)을 활용해 말했던 게 부끄러울 정도다. 당시에 나는 자기애의 중요성을 몰랐고, 저 말도 안 되는 무논리를 사실인냥 믿고 있었다. 그러다 어느 날, 나를 패닉 상태에 만든 일이 생겼다. 왜냐하면, 이런 메시지를 받았기 때문이다.

[Web 발신]
귀하는 코로나19 검사 확진(양성, positive(+))으로 감염병예방법 제41조 및 제43조 등에 따라 격리됨을 통지합니다.

2022년 5월이었다. 코로나 확진자 수를 실시간으로 확인하고, 뉴스에 온통 그 이야기뿐이었던 때였다. 그렇지만 코로나 걸렸다가 완치한 지인들도 꽤 있는 상황이라, 겁도 없이 감기 정도로 생각하고 내 몸을 챙기지 않았다. 열은 도통 떨어지지 않고 침을 삼킬 때마다 눈물 나게 목이 따가웠지만, 쉬지 않고 할 일을 했다. 격리 기간에 쉬어도 되고 재택근무해도 된다는 대표님의 말에 재택근무를 선택했고, 늦은 저녁에는 영상 편집을 했다. 집밖에 못 나갈 뿐이지, 코로나 전과 후에 나의 일상은 달라진 게 없었다.

그러다 갑자기 핑 도는 느낌이 난 것까지는 기억하는데, 정신을 차렸을 땐 이미 새벽이었고 정신을 차릴 법도 한데, 그때의 멍청한 나는 타이레놀 2알을 먹고 일을 다시 강행했다. 그리고 내 건강이 걱정되었던 몸은 결국 최후의 수단인 강제종료, 셧다운을 명령했다.

재택근무 출근 시간 몇 분 전, 겨우 일어났고, 그날 점심시간이 되어서야 부재중 전화에 카톡들이 눈에 들어오기 시작했다.

"언니, 생강 유자청 보냈으니까 따뜻한 물에 자주 마셔요~"
"약 먹는 거는 거르면 안 되니까 알람 맞춰놔."
"코 스프레이 문 앞에 두고 간다."
"아무 맛이 안 나도 밥은 잘 챙겨 먹어야 해!"

그 순간 아차 싶더니 그제야 뭔가 잘못됨을 인지했다. 아빠가 '똥고집' 부리지 말라고 말씀하실 때마다 내가 무슨 고집이 있나 싶었는데, 자기 몸 하나 못 챙기고 세상 똥고집 부리는 내 알량한 모습이 그제야 눈에 들어왔다. 친구가 아플 때 챙겨줬던 것을 정작 나에게는 한 번도 해본 적이 없는 것 같았다. 자신을 사랑하는 방법을 몰라서 못 하는 사람은 없을 것이다. 단지 날 위해 하는 행동이 '쉼'보다는 '앞으로 나아가는 것'이 더 중요하다고 생각할 뿐이다.

그렇지만 자신을 사랑하는 방법을 모르는 것보다 더 위험한 게 있다. 그것은 '그냥 둬도 괜찮겠지?' 하는 안일함이다.

[헛된 시간은 없다]

예전에는 물을 사용할 때 우물펌프를 사용했다고 한다. 펌프질을 통해 지하수를 위로 끌어올리는 것이다. 그런데 물을 사용할 때 맨 처음으로 하는 행동이자 가장 중요한 작업이 있다. 그건 바로 마중물을 부어주는 것. 물을 길어 올리기 전에 오히려 펌프 몸통에 물을 부어주는 것을 말한다. 그러면 기압 차가 생기면서 물이 잘 올라오게 된다. 그리고 물을 다 사용하고 나면 우물 옆에 물 한 바가지를 따로 남겨둔다. 다음 사람이 물을 길어 올릴 때 마중물로 쓰도록 하기 위함이다.

마중물을 미리 부어주는 것
다음을 위해 약간은 남겨두는 것
별거 아닌 것 같은 물 한 바가지가
우물을 기르는 시작과 끝이 된다.
이런 게 일상에도 필요하다.

사람에 따라 그 시간이 불필요하게 느껴질 수도 있다. 자기계발이 앞으로 한걸음 걸어 나가는 것이라면, '쉼'과 '나를 돌보는 시간'은 그 자리에 멈추어 서 있거나 혹은 뒷걸음질로 느껴지기도 하니까. 그래서 우린 종종 '에이 뭐 어때, 괜찮겠지 뭐.' 하고 광고 스킵하듯 대수롭지 않게 넘겨버린다. 하지만 내 앞에 놓인 한계점에 필요한 건 적당한 '돌봄'이다. 마치 한 바가지의 마중물처럼, 스스로 돌보는 그 작은 행동 하나가 당신이 원했던 것들을 콸콸 쏟아내게 할 것이다.

당신도 혹시 잊고 살고 있진 않은가? 자신을 사랑하는 방법은 당신이 불필요한 것으로 넘겨짚었던 그 시간 속에 있다.

Say

<당신에게 꼭 하고 싶은 말>

나를 사랑하는 방법은 모르는 게 아니라, 잠시 잊고 있을 뿐이다. 아니 뒤처질까 봐 두려워하지 못했다는 표현이 더 맞을지도 모르겠다. 그렇지만 한 번쯤은 꼭 생각해보면 좋겠다.

'귀한 자식 매 한 대 더 때리고, 미운 자식 떡 하나 더 준다.'라는 말이 있다. 굉장히 지혜로운 말이긴 하지만 자신에게 너무 매질만 하는 게 아닌가도 생각해볼 필요가 있다. 미운 사람에게 떡 하나 더 주는 지혜도 필요하지만, 정작 소중한 나는 떡 구경도 못 한 건 아닌지 살펴볼 여유도 필요하다.

아무것도 하지 않는 시간도 필요하다

[브레이크를 밟지 않으면 사고가 난다]

의자에 앉아있기도 힘들고 손목이 너무 아파서 한의원 치료를 받았던 적이 있었다. 원장선생님은 기본진료를 봐주신 후에 홍채진단도 같이 해주셨는데 한숨을 푹 쉬시더니 이렇게 물어보셨다.

한의사 : 무슨 일 하시나요? 하루에 몇 시간 주무세요?

나 : 사실 할 게 좀 많아서 4~5시간 자고 있어요.

한의사 : 제 딸 같기도 하고 너무 걱정되어서 드리는 말씀인데... 차에 브레이크가 왜 있는 줄 아세요? 밟으라고 있어요. 브레이크를 밟을 줄 알아야 해요. 무작정 달린다고 좋은

차 되는 거 아닙니다.

머리를 띵하고 맞은 기분이었다. 아빠를 보내 드린 지 얼마 안 됐을 때여서 그런지 꼭 아빠가 내게 하는 말처럼 들렸다. 그래서 평일에 하던 강의를 중단했고, 몸이 좋지 않은 날엔 유튜브도 잠시 쉬어갔다. 그 뒤로 매일 6~7시간의 수면시간을 지켰고, 치열한 일상에 브레이크를 밟으며 나를 지켜냈다.

자동차에 브레이크 페달은
가속페달과는 달리 가로로 긴 모양을 하고 있다.
상황에 따라 언제든지 브레이크를 바로 밟기 위함이다.
위급상황에서 필요한 건 가속이 아니라 제동이다.

[죽을힘을 다해 싸우면 죽는다]

한국의 샤넬로 불렸던 노라노 패션디자이너는 90세 현역으로 일하고 있다. 그녀는 책 '자기 인생의 철학들'에서 이런 인터뷰를 남겼다.

Q. "얼마만큼 노력해야 적절한 겁니까?"
A. "일할 때 능력과 체력의 한계에서 10% 정도 여유를 둬야 해요.

젊은이들한테도 내가 당부를 해요. 100% 다 하려고 하지 말라고. 여러분들은 아직 인생을 반도 안 살았잖아. 그러니 내 말을 믿어요."

흔히들 '하늘이 무너져도 솟아날 구멍은 있다.'라고 한다. 아무리 어려운 상황에서도 벗어날 방법은 분명히 있다는 뜻이다. 그런데 그 하늘이 나의 신체적, 정신적 체력이 된다면 이야기는 달라진다. 죽을 힘을 다한 사람의 손에는 정말 원하던 결과가 쥐어질까? 그보다 먼저 정신적 탈진, 번아웃 증후군이 찾아올 것이다. 심한 경우 신체 건강까지 잃을 수도 있다. 그러므로 일회용품처럼 마지막까지 다 써버리는 일은 없어야 한다. 내 세상이 무너지지 않게 10%의 여유를 두자.

[아무것도 하지 않는 시간은 꼭 필요하다]

코로나로 재택근무 후 누워서 쉬는데 뭔가 모를 불안함과 도태되는 기분이 계속 들었다. 나뿐만 아니라 많은 사람이 휴식을 그저 게으르고 시간을 낭비하는 거로 생각하는 경우가 많다. 그런데 아무것도 하지 않는 시간은 분명히 필요하다.

작년 가을에 '2022년 한강 멍 때리기 대회'가 열렸었다. 아무것도 하지 않는 것이 무가치한 것이 아니라는 걸 알려주기 위해 시작됐다고 한다. 전문가들은 하루에 15분 정도 멍 때리기는 뇌에 휴식을 주어 좋고, 창의적인 생각을 하는데에도 도움이 된다고 하였다. 물론 나태함을 뇌에 주는 휴식이라고 포장하고 싶지는 않다. 다만 시간을 빈틈없이 활용하려는 그 압박은 도려 독이라는 것이다. 계획적인 'To Do list'에서 잠시 벗어나 멍하니 밖을 바라보는 시간을 가져보자. 분위기가 좋은 카페도 좋고, 밖이 훤히 보이는 창가 앞도 좋다. 밖을 걸어 다니는 것 역시 좋은 방법이다. 어색하다면 15분 정도 휴대폰 알람을 맞춰놓고 그 시간만큼만 해도 좋다.

일상은 숨을 쉬는 것과 비슷하다. 숨을 깊게 내뱉어야 그만큼 또 깊게 들이마실 수가 있다. 산소를 마시는 게 중요하다고 해서 숨을 들이켜는 것만 할 순 없진 않은가. **일상 속 깊게 내뱉은 그 시간은 오히려 더 많은 것을 들이킬 수 있게 해준다.**

Say

<당신에게 꼭 하고 싶은 말>

헤어브러쉬를 보면 빗살이 빠진 구멍 하나가 있다. 불량이 아니라 공기펌프 역할을 하는 공기구멍이다. 덕분에 두피에 자극 없이 부드럽게 빗을 수가 있다. 길가 양 나무 사이에 걸린 현수막 역시 군데군데 바람구멍이 나 있다. 그래야 바람이 불 때 그 틈 사이로 지나가 현수막이 찢어지는 일이 없기 때문이다.

우리에게 필요한 건 더 촘촘한 일상이 아니라 바람구멍일지도 모른다. 적당한 휴식을 통해 삶의 바람을 조금씩 날려버려 보자. 분명 이전보단 더 부드럽게 일상을 보낼 수 있을 것이다.

난 충분히
괜찮은 사람이다

[당신의 잘못이 아니다]

지난 일을 돌이켜보면 각자 정말 많은 일이 있었을 것이다. 전혀 생각지도 못한 타이밍에 마음에 구멍이 뻥-! 나버리는 일은 사실 비일비재하다. 취업 준비를 위해 했던 휴학을 병원에 상주하며 가족을 간호하는 데 쓰기도 했고, 회사가 갑자기 망해버려서 내 의지와 상관없이 강제로 퇴사해야만 했던 적도 있었다. 겨우 잡아탄 막차 버스가 가로수를 들이받아서 응급실에 실려 가 수술을 받기도 했으니 인생은 한 치 앞도 모르는 일의 연속인 것 같다.

외부 자극으로 인해 가던 길을 멈춰야만 할 땐, 견뎌내는 것조차 힘들어 사건을 정면으로 바라보지 못했다. 그러다 보니 그때의 나 자신과 내게 닥친 일을 마구 뒤섞은 상태로 기억 한구석에 숨기게 되었다. 솔직히 말하면 다시 꺼내 보기조차 싫었던 기억에 가깝다. 그러다 문득 그날을 되짚어보게 되었던 일이 생겼다. 정류장에서 버스를 기다리고 있었는데, 엄마와 5~6살 정도로 보이는 아이가 대화를 나누고 있었다. 길가에 누군가 뱉어놓은 껌을 아이가 밟은 모양이었다.

엄마 : 껌을 누가 여기다 뱉어놨지? 아, 완전히 더러워졌네.

아이 : 아냐. 여기 신발에 있어.

엄마 : 그러니까 더러워졌잖아.

아이 : 아냐 신발에 있어. 난 깨끗해~

아이는 신발을 벗고, 발을 보여주면서 해맑게 웃음을 지었다. 발이 아니라 신발에 껌이 붙어서 괜찮다고 하는 것 같았다. 살다 보면 온갖 껌을 밟게 되고 신발 밑창이 까맣게 더러워진다. 그런데 우린 그 모습을 나 자신처럼 느낀다. 사고처럼 닥친 일과 나는 반드시 분리하여 보아야 한다. 연꽃이 진흙 속에서 피어난다고 해서 진흙이라고 부르진 않는다. 꽃은 그 자체로서 빛나고, 오히려 차별화된 아름다움을 갖고 있어 더욱더 가치 있다. 물론 외부의 자극을 견뎌내는 시간엔 다른 생각이 끼어들 틈이 없다. 그러므로 마음이 좀 선선해지는 때가 오면, 시간이 조금 흐른 뒤라도 좋으니 기억의 구석에 넣어버린 일을 꺼내 정리해보면 좋다. 사고처럼 일어난 그 일의 원인을 나에게 찾으려고 하고, 스스로 미워하는 일은 없어야 한다. 당신의 잘못이 아니다. 정말이지 당신 잘못이 아닐 것이다.

[당신은 생각보다 강한 사람이다]

악몽을 자주 꾸는 편이다. 매번 누군가에게 쫓기고 도망치기 바쁘다. 그런 꿈을 꾸다가 잠깐 깨기라도 하면 최소 몇 분은 앉아있어야 한다. 바로 잠들면 꿈이 이어지기 때문이다. 꿈이라서 다행이라고 가슴을 쓸어내린 적도 종종 있는 내게 흥미로운 책 제목이 눈에 띄었다. '달러구트 꿈 백화점' 고객을 위한 꿈을 판매하는 곳이다. 소설에 나오는 어엿한 사회인인 한 여자 손님은, 고등학생 때 과하게 스트레스받으며 시험을 쳤던 일을 꿈으로 수차례 꾸고 있었다. 힘들었던 일을 꿈속에서 다시 겪어서 불쾌했다며 환불을 요청하는 그녀에게 꿈을 판매한 달러구트는 이렇게 이야기를 했다.

"가장 힘들었던 시절은 거꾸로 생각하면 온 힘을 다해 어려움을 헤쳐나가던 때일지도 모르죠. 이미 지나온 이상, 어떻게 생각하느냐

에 따라 달라지는 법이랍니다. 그런 시간을 지나 이렇게 건재하게 살고 있다는 것이야말로 손님들께서 강하다는 증거 아니겠습니까?"

책 <달러구트 꿈 백화점>

그녀는 어릴 때부터 어른이 된 지금까지 심리적 압박감에서 벗어나지 못하고 있다는 것을 깨달았다. 그래서 자신을 더 따뜻한 시선으로 바라보고 충분히 잘하고 있음을 인정해주기 시작했다. 그리고 더는 그런 꿈을 꾸지 않게 되었다는 내용이었다. 순간 머리가 띵해졌다. 왜 이런 꿈에 시달리는지 한 번이라도 깊게 생각해보지 않았던 게 후회가 되었고, 악몽에 시달리는 나 자신을 한심하게 여겼던 사실이 미안했다. 누군가는 잘 때마다 악몽을 꿀 수도 있고, 자려고 누우면 후회되는 순간이 끊임없이 떠올라 괴로운 사람도 있을 것이다. 그럴 때 대개 자책을 하게 된다. 그렇지만 우리에게 필요한 건 그런 나를 보듬어 주는 것이다. 그리고 그 순간을 지나 여기까지 온 자신을 대견해하고, 충분히 강한 사람임을 인정해줄 수 있어야 한다.

얼마나 강한 사람인지는
두 손에 어떤 무기가 있냐에 따라 정해지는 게 아니라
어떤 길을 걸어왔느냐에 따라 정해지는 것이다.

Say
<당신에게 꼭 하고 싶은 말>

자동차를 운전할 때 방어운전이 중요하다고 하지만 그럼에도 불구하고 피할 수 없는 사고가 일어날 때가 있다. 당신에게 일어난 일도 사고처럼 일어난 것이지 당신의 부주의가 아니다. 괜찮지 않은 사람이라고 느껴지거나, 혹은 강점이 무엇인지 아직 찾지 못했다면 지금까지 있었던 일들을 돌이켜보자. 그리고 나 자신에게 꼭 말해주자.

그동안 많은 고생을 견뎌왔는데 그 사실을 잊고 살아서 미안하다고, 여기까지 온 것만으로도 충분히 강한 사람이라고 말이다.

자존감은
'이것'으로 변화한다

[자존감 우습게 봤다가 생긴 일]

자존감이 낮으면 여러 모습을 통해 티가 나게 되어있다. 누군가는 작은 말도 민감하게 받아들여 크게 화를 내고, 어떤 사람은 불편한 상황을 견디지 못해 다 양보하다가 혼자 지쳐버리기도 한다. 그런데 이렇게 다 티가 나는 것만은 아니다. 어쩌면 괜찮은 척, 오히려 더 기분 좋은 척하는 사람이 훨씬 많을지도 모른다.

이별에 꽤 오래 아팠던 적이 있다. 나도 모르게 표정, 말투, 취미, 음식 취향까지 닮게 된 사람이 한순간에 남이 되어버리는 경험은 자존감이 바닥을 치게 하기 충분했다. 그래도 곧 괜찮아질 거란 생각에 오히려 웃으면서 다녔다. 그리고 출근하면서도 울었던 그 날, 회사에서 이런 말을 들었다.

"기분 좋은 일 있나 봐~ 로또라도 된 거야, 뭐야?"

그때 아차 싶어서 정신이 들었는데 자존감은 물론 감정상태까지 엉망이 되어있었다. 자존감이 낮아진 상태라는 걸 인정하지 않고 애써 밝게 다니고 포장만 잔뜩 했더니 안이 썩어있었다. '자존감 그게 뭐 대수라고, 웃다보면 저절로 괜찮아지겠지.'라고 얕잡아 봤다가 끝없는 우울 속으로 빠져버렸다.

[억지로 올리지 않아도 된다]

자존감은 높을 때도 있고 낮을 때도 있다. 높은 곳에서 날 바라보면 작게 보이고, 낮은 곳에서 바라보면 하염없이 커 보인다. 언제든 나의 상황에 따라 다르게 보일 수 있기에 자존감을 올려야 한다는 압박감에 너무 억지로 텐션을 끌어올리지 않아도 된다. 물론 크고 작은 일을 성취해나가며 자존감을 키워나가는 것도 좋다. 그렇지만 나를 있는 그대로 인정하고 받아들이는 것도 도움이 된다. 신기하게도 부족한 것조차 내 모습임을 받아들이는 자기 수용의 자세가 자존감을 높아지게 한다.

현실과는 너무나 다른 큰 이상을 설정하는 건 꽤 위험하다. 오히려 그 괴리감만큼 더 아프게 떨어질 수 있기 때문이다. 너무 무리하지 않아도 된다. 자존감을 올리는 그 시작은 자기 수용에서도 충분히 일어나니까.

사실 우린 스스로가 좀 부족하다 느끼더라도
그런 모습을 갖고 있어도 자기 자신이 가장 애틋하다.

[생각보다 단순한 머리]

그 맘쯤에 시작했던 게 요가였다. 몸을 좋게 하기 위한 동기가 아니라, 전 연인 생각 1도 안 나게 해주겠다는 원장선생님의 말을 듣고 시작하였다. 처음에는 괴상하기 그지없었다. 어떤 공포영화에서도 이런 말은 들을 수가 없다.

"배꼽을 머리 위로 끌어올리세요."
"배꼽을 척추에 붙이세요."
"코어에 힘을 주고 두 다리는 힘을 뺀 채로 들어 올립니다."

그걸 어떻게 끌어올리는지부터 자연스럽게 힘이 들어가는 걸 빼라는 게 다소 이상하게 들렸지만, 몸을 부지런히 움직이기 시작하니 다른 건 생각할 겨를이 없었다. 요가를 하면 할수록 생각은 몸을 따라오기 시작했다. 그리고 거짓말처럼 운동하는 순간만큼은 정신이 맑아져 모든 상념이 사라졌다. (그냥 이 힘든 수업이 빨리 끝나는 것만 바라게 된다.)

심리학자 윌리엄 제임스는 '요가와 명상과 같이 심신을 단련하는 방법이 심리적 안정감과 행복감에도 긍정적으로 작용한다.'라고 했다. 살다 보면 내 의지대로, 내 뜻대로 흘러가는 일이 잘 없다. 오해를 받아 억울하기도 하고, 원치 않은 이별에 속이 상하기도 한다. 그런데 운동이나 마음 수련을 하다 보면 그런 생각이 든다. 머리가 몸의 제일 윗부분에서 모든 걸 다 통제하고, 나 역시 거기에 끌려다니는 것 같지만 몸을 움직여보면 머리도 금세 따라온다는 것을.

더는 힘든 생각에 끌려가지 않고 더디더라도 내 뜻대로 조금씩 움직이는 몸을 보고 있으면 나도 쓸만한 사람이라는 게 느껴진다.

그렇게 잠겼던 기분이 점점 궤도를 찾는다.

[감정은 흘러가는 것]

요가의 마지막 동작은 '사바사나'다. 불을 끄고 매트에 누워 몸과 호흡에 집중하는 자세이다. 처음엔 이완이 되면서 편안해졌고, 조금 더 지나니 잠시 잊고 있었던 슬픔, 걱정거리들이 몽글몽글 떠올랐다. 그때 알게 되었다.

어떤 감정도 영원하진 않는다는 것을.

고목 나무 매미처럼 딱 붙어서 평생 내 머릿속을 괴롭힐 것 같았던 감정도 몸 좀 괴롭혔다고 잠시 잊혀진 걸 보면 생겼다 사라지기를 반복하는 존재이다.

이 사실을 깨달은 이후로는 어떤 감정이 생겼을 때 예전보단 겁이 덜 났다. 언젠가 사라질 것을 알고 있었으니까. 물론 운동이 해결책이라고 말하고 싶진 않다. 그러나 분명 도움이 되는 경험은 맞다. 자기계발서에 있는 "운동하세요!" 같은 뻔한 말들. 이 문장을 보며 코웃음을 쳤었는데 한번 해본 이후론 오히려 내가 못 끊고 있다. 돈 주고 고문당하는 기분을 매번 느끼지만, 감정은 고여있는 게 아니라 흘러가는 것이라는 걸 알려주기에 이젠 너무나 중요한 시간이 되어버렸다.

Say

<당신에게 꼭 하고 싶은 말>

굽은 어깨가 펴지고 체력이 좋아지면 생각지 못한 일들이 생긴다. 체력을 키운 것인데 정신적인 체력이 같이 키워진다. 별다른 취미가 없다면 가벼운 운동을 시작해보는 것도 추천하고 싶다. 왜 다들 그렇게 입이 닳도록 추천하는지 해보면 알게 된다.

그리고 하면 할수록 조금씩 알게 된다. 당신이 꽤 괜찮은 사람이라는 걸.

나를 지혜롭게 가꾸는 방법

[가장 먼저 해야 하는 것]

요가원에 처음 다녔을 때는 마냥 재미있었다. 굽은 어깨가 펴지고 조금씩 달라지는 거울 속 내 모습은 요가에 흥미를 끌기 충분했다. 그런데 유독 한 사람이 내 눈에 들어오기 시작했다. 유연성과 근력이 굉장히 좋은 분이었는데, 나도 모르게 그 사람에게 시선이 머물곤 했다. '그 사람처럼' 동작을 잘하고 싶었고, '그 사람만큼' 못하는 내가 못나 보이기 시작한 것이다.

다른 사람에게 머물다가 돌아온 시선은
이내 나 자신을 따갑게 바라보게 만들었다.

이상하게도 따라 하려 할수록 동작은 틀어졌고, 그런 나를 위한 듯, 원장선생님께서 이렇게 말씀하셨다.

"눈을 감고 나에게 집중을 합니다. 타인과 비교할수록 욕심이 생기고 무리를 하게 됩니다. 그러면 자세가 틀어지거나 다치게 돼요. 단순히 다리를 더 높게 들어 올리는 게 잘하는 것은 아닙니다. 내 몸의 변화를 인지하세요. 동작 중에 아픈 곳이 있다면 그곳에 내 숨을 불어 넣어주세요. 그게 가장 잘하고 있는 것입니다."

호흡과 몸의 변화에 집중했더니 외부의 시선이 닫히고, 머릿속에 고민거리가 사라졌다. 그리고 그 자리에 성취감과 행복감이 슬며시 자리 잡았다. 나의 시선이 외부에 오래 머물러 있다 보면 자연스레 비교하게 되고 내가 얼마나 쓸모있는 사람인지 느끼는 자기효능감까지 흔들리게 된다.

나를 가꾸기 위해서 처음 해야 할 일은 외부에 있는 시선을 내부로 옮겨 오는 것이다.

[나는 내 자신일 때가 가장 아름답다]

2021년 배우 윤여정은 영화 '미나리'로 미국 아카데미 오스카 여우조연상을 받았다. 수상하기 몇 달 전 한 해외 매체와의 인터뷰에서 이런 질문을 받았다. "한국의 메릴 스트립(할리우드 배우 메릴 스트립은 맘마미아에서 나온 명배우로 최다 노미네이트, 2번의 여우주연상, 골든 글로브 25번 수차례 수상경력이 있다.)이라 불리시던데 어떻게 생각하시나요?" 그리고 그 질문에 한 대답은 굉장히 인상 깊었다.

"그분과 비교된다는 데엔 감사하게 생각합니다만
저는 한국 사람이고 한국 배우입니다.
제 이름은 윤여정입니다. 저는 그저 저 자신이고 싶습니다.
배우들끼리의 비교는 있을 수 없다고 생각합니다.
칭찬에는 감사드리지만, 저로선 답하기가 어렵습니다."

멘토링 프로그램이 한참 유행이었을 때가 있었다. 조력자의 역할을 하는 멘토의 지도와 조언은 멘티의 비전 형성은 물론 역량을 강화하는 데에 큰 역할을 한다. 그런데 어느 순간부터 맹목적으로 지지를 하며 목표 자체를 멘토로 잡는 사람이 많아졌다.

모방하는 것만 계속 쫓다 보면
그 노력의 끝은 결국 모조품을 만들어낼 뿐이다.

다른 사람에게 약이 된 방법이 나에게 잘 맞을 수도 있지만, 오히려 독이 될 수도 있다. 그러니 남들의 성공담에 너무 맹목적으로 쫓아갈 필요는 없다. '더 이상의 발전은 없어. 난 이게 한계야.'라는 생각이 든다면 나의 시선이 어디에 오래 머물러 있는지 체크해보자. SNS 속 유명인의 모습도 좋지만 있는 그대로의 나를 바라보고 받아들이는 것 역시 중요하다. 자기 수용이 일어날 때 해야 할 일들이 하나둘씩 눈에 보이기 시작하고, 결국 가장 나다운 아름다움을 쌓아나갈 수 있다.

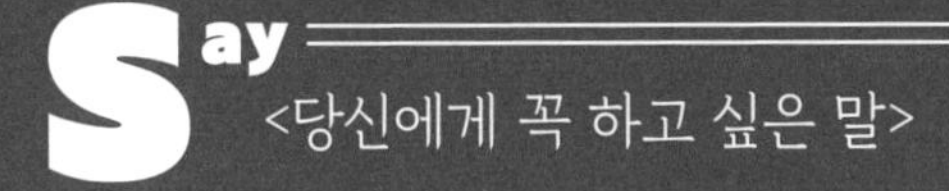

가끔은 우리 인생이 벼랑 끝에 서 있는 것만 같다. 그래서 누군가가 걸어갔던 길로만 걷고 싶을 수 있다. 그게 가장 안전한 길처럼 보이니까. 그렇지만 'ㅇㅇ처럼 돼야지.'라는 목표는 애초에 실현 불가능한 것이다. 바다 거북이가 깡충깡충 뛰어다닌다고 토끼가 될 수 없고, 토끼가 바다로 간다고 해서 거북이가 될 수는 없는 것처럼 말이다.

가장 아름다운 건 나다운 것이다. 거기에 나만의 수식어를 하나둘씩 붙여가면 된다. 그러니 목표를 다시 정해보자. 당신은 어떤 사람이 되고 싶은가?

나 자신이
너무 미울 때가 있다

[부족함은 흠이 될 수 없다]

JTBC 뉴스에 드라마 '더 글로리' 임지연 배우가 나왔다. 끔찍한 학교폭력을 행사하는 악역 박연진 캐릭터를 소름 돋을 만큼 완벽히 연기해낸 비결이 무엇인지 앵커가 묻자 그녀는 자격지심이 그 시작점이었다고 말했다.

'나는 왜 타고나지 못했을까? 나는 왜 가진 게 없지?'

조금씩 생기는 자격지심이 오히려 저한테 '더 노력해야 해. 더 집요해야 해. 더 연구하고 더 고민해야 해.' 라는 생각을 준 것 같아요. 내가 할 수 있는 거, 노력이 부족해서 못하는 거로 후회하고 싶진 않았어요.

사람들에게 자랑하고 싶은 점과 바꾸고 싶은 점을 적어보라고 하면 대부분 바꾸고 싶은 점부터 써 내려간다. 스트레스로 다가오는 단점을 보완하고 보다 나은 모습을 갖추기 위해 발전하고 싶기 때문이다. 자동차 타이어의 표면은 매끄럽지 않고 울퉁불퉁한 홈이 있다. 마찰력을 높여줌으로써 잘못된 방향으로 미끄러지지 않게 방지하는 역할을 한다.

자동차 타이어에 울퉁불퉁한 건 '흠'이 난 게 아니다.
더 올바른 곳으로 가기 위한 '홈'이 나 있는 것이다.

내 눈에 매번 거슬리는 무언가가 있다면 그걸 '흠'이라고 생각하고 한없이 미워하기보단 올바른 방향으로 나가기 위한 '홈'으로 보자. 그게 있어서 우린 더 노력하고 발전하게 된다.

[그 어떤 말보다 위로가 되는 것]

회사에 새로 직원이 왔는데 가방 위로 공무원 시험교재가 삐죽 튀어나와 있었다. 짧았지만 준비해본 적이 있어 반가운 마음에 말을 걸었다.

나　　: 혹시 공무원 준비해요?

동료　: 아... 네 근데 떨어져서 다시 칠지 말지 고민 중이에요.

나　　: 저도 몇 개월 해봤었는데, 회사 다니면서 하기 진짜 힘들지 않아요?

동료　: 맞아요. 완전 그래요. 친구들은 다 노는데 나만 집에서 공부하고 있으면 뭐 하고 있나 싶어요..

나　　: 잠깐이지만 해보니까 진짜 보통 일이 아니더라고요. 너무 고생 많겠어요. 달라질 건 없겠지만 저라도 알아드릴게요. 그 끈기 진짜 대단하고 멋있어요.

사람은 누구나 다양한 일 속에서 여러 감정을 느낀다. 사랑을 시작하거나 시험에 합격한 기쁜 경험도 있지만, 이별 혹은 배신을 당하거나 면접에서 떨어진 아픈 일도 겪게 된다. 경험은 결과와는 상관없이 강력한 힘을 갖고 있다. 머리로 이해하는 것과 비슷한 일을 겪어본 후에 상대의 이야기를 듣는 건 비교할 수 없는 차이를 가지고 온다. 공감은 물론이거니와 더욱더 진심 어린 말을 꺼낼 수 있게 되기 때문이다.

위로를 뜻하는 comfort는 com(함께)+fort(힘)로 만들어진 단어다. 함께 힘을 보태어 주는 게 위안이 되기에 편안함을 뜻하기도 한다. 보잘것없어 보이는 나의 부족함이 누군가에겐 힘이 되어 주고 우리 관계에 편안함을 만들어 줄 강점이 된다는 걸 기억하자.

Say
<당신에게 꼭 하고 싶은 말>

부족함이라는 건 우릴 힘들게 하기도 하지만 소중한 관계를 만들어나가는 데도 큰 역할을 하고 있다. 그렇기에 미워만 한다면 흠이 될 것이고, 돌보고 보완한다면 삶의 방향을 잡아주는 표지판이 될 수 있다. 모든 건 각자의 선택에 달려있다.

SNS에 굴복하지 않는 사람이 되자

[타인의 행복을 보는 게 힘겨울 때가 있다]

SNS에는 여러 사람의 일상이 담겨있기 때문에 누구나 쉽게 타인의 삶을 볼 수가 있다. 여러 글과 사진, 짧은 영상을 보다 보면 흥미롭기도 하고 시간이 굉장히 빨리 지나간다.

그런데 어느 때부터인가 인증하기 위한 사진들이
인정받기 위한 사진이 되었다.
좋았던 그 순간을 기억하는 것보다
사람들의 반응이 더 중요해져 버린 것이다.

SNS의 긍정적인 점은 많다. 장소나 시간의 제한 없이 소통하는 것이 가능하므로 자신의 감정을 다양한 방법으로 표현할 수 있고, 경험을 공유하며 우리의 삶을 확장하는 역할을 한다. 반대 측면으로는 과용하기가 쉽고, 삶의 만족도와 자아존중감을 떨어트리기도 한다. 사람들의 반응을 평가로 받아들이는 사람이 늘면서 보이지 않는 경쟁이 무수히 펼쳐지고 있다. 피드 속 사람들의 미소가 짙어질수록 경쟁에서 졌다고 느끼고, 상대적 박탈감으로 이어지거나 가지지 못한 것에 대한 욕심이 커지기도 한다.

'내가 가진 것'에 대한 '고마움'보다
'내가 갖지 못한 것'에 대한 '분노'가 생겨나는 것이다.
자신도 모르게
타인과 끊임없는 비교를 하며 스스로 끝없이 괴롭히게 된다.

[눈에 보이는 게 전부가 아니다]

카페에서 노트북으로 일을 하고 있었다. 빵을 입안 가득 구겨 넣으며 한참 업무를 보는데 대각선 테이블에 커플의 이야기가 들렸다.

여 : 와 부럽다. 재택근무인가?

남 : 재택근무?

여 : 완전 프리하네~ 좋겠다.

이들의 기대(?)를 저버리지 않기 위해 음악에 리듬을 맞추는 것처럼 발을 연신 까딱까딱했다. 그렇지만 현실은 꽤 달랐다. 난 그날 연차였고, 며칠째 일이 너무 많아서 4시간도 채 못 자서 커피로 잠을 깨우려고 잠시 카페에 간 것이었다.

SNS속 타인의 모습도 마찬가지다. 상대가 올린 사진은 빛나는 찰나의 순간, 혹은 어쩌면 연출된 것일 수도 있다. 이건 마치 신데렐라가 무도회장에서 왕자님과 찍은 인증샷을 올린 것과 같다. 내내 바닥을 닦고, 새언니들이 드레스를 찢고 괴롭히는 장면은 나오지 않는다. 아니, 더 정확히 말하자면 올리지 않는다.

상대는 내게 '보여주고 싶은 것'만 보여주고

나는 상대가 '보여주는 것'만 볼 수밖에 없다.

게다가 모든 이야기에는 과장이 어느 정도는 붙게 된다.

"예전에 엄마가 너무 예뻐서 아빠가 졸졸 따라다녔어."
"아빠는 어릴 때 공부 진짜 잘했는데 너는 왜 그러냐."
"낚시에서 잡은 게 얼마나 큰지 한 달 내내 회를 먹었어."
"군대에서 사격하는데 이거 뭐 눈감고 쏴도 명중인 거야."

이런 이야기를 들을 때 있는 그대로 듣는 사람은 없을 것이다. 이런 유연함이 SNS를 볼 때도 필요하다. 게다가 겉모습만 보고 판단하는 건 굉장히 어렵다. 수박도 통통 두들겨 보고 줄무늬까지 유심히 보고 골라도 달지 않은 경우가 많다. 수박 하나 고르는 것도 이렇게 어려운데 사람을 어떻게 겉모습만 보고 판단할 수 있을까.

[행복은 보여주는 게 아니라 느끼는 것이다]

보이는 모습만 보고 '다른 사람이' 판단하는 것과 처음부터 끝까지 다 알고 있는 '내가' 판단하는 건 완전히 다르다. '열심히 하셨네요.'라는 댓글도 기분 좋지만, 그보다 더 좋은 건 자려고 누울 때 몰려오는 뿌듯함이다.

'와.... 오늘 나 진짜 열심히 했다.'

행복을 인정받으려 할수록 나의 초점은 '행복을 느끼는 게' 아니라 '행복해 보이는데'에 맞춰진다. 다른 사람의 손에 내 행복감이 결정되는 것이다.

SNS에는 '이미 충분히' 행복한 사람들보다 '절실히' 행복을 찾는 사람들이 훨씬 더 많다. 그렇지만 행복은 자기 내부에 있다. 행복은 보여주는 게 아니라 느끼는 것이다. 그러니까 너무 애쓸 필요도 상처받을 필요도 없다.

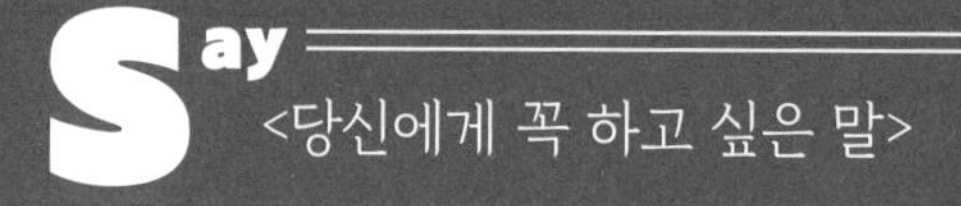

어릴 적 앨범을 보다가 한 사진에 유독 눈길이 갔다. 7~8 살쯤 되어 보이는 나는 바닷가에서 엄마를 끌어안고 엄청 서럽게 울고 있었다. 무슨 상황인지 엄마에게 물어봤더니 장난치다가 바닷물에 바지가 젖어서 내가 울기 시작하니 너무 귀여워서 찍었다는 것이다.

자, 어릴 때 앨범을 한번 꺼내 보자. 자전거 타다가 넘어져서 울고 있는 사진, 삐져서 토라진 사진, 웃긴 표정을 짓는 사진까지 온갖 모습이 다 담겨있다.
웃는 모습만 담고 있지는 않다.

요즘 찍은 사진은 어떠한가? 어릴 적 사진과는 다소 다른 모습이다. 우린 잊고 지낸다. 화난 모습, 당황한 모습, 우는 모습까지 소중했었던 당신을 말이다. 그러니 너무 행복한 순간만 모으려고 하진 않았으면 좋겠다. 당신의 모든 순간은 다 소중하고 여전히 빛나고 있으니까.

좋은 사람 옆에
좋은 사람이 있는 진짜 이유

[내 곁엔 누가 있는 걸까]

'좋은 사람 곁에는 항상 좋은 사람들이 있다'라는 말은 나뿐만 아니라 모두에게 익숙한 말이다. 그리고 비슷한 맥락이지만 부정적인 뜻을 가진 검은 것을 가까이하다 보면 어느새 거기에 물든다는 뜻의 '근묵자흑(近墨者黑)'이라는 말도 있다. 그래서 관계적으로 힘들 땐 이런 의문을 품게 된다.

'내 곁엔 왜 좋은 사람이 없을까?
내가 좋지 않은 사람이기 때문일까?'

가만 보면 성격 좋은 사람이 연애도 잘하고, 교우 관계는 물론 회사생활 역시 잘한다. 모든 걸 다 갖춘 그 모습이 마치 오색 나물에 계란 프라이까지 올려진 느낌이라면, 나의 그릇엔 밥에 고추장 한 숟갈 겨우 들어간 느낌이랄까.

[마음의 방에도 정리가 필요하다]

부정적인 말과 매번 본인이 제일 힘들다고 하는 지인이 있었다. 무슨 말끝마다 "네가 겪은 건 아무것도 아니야. 난 이런 일도 있었어." 라면서 불행 콘테스트에 나온 사람처럼 더 강한 불행을 외치는 사람이었다. 그걸 통해 내가 그 사람을 안타깝게 여기고 신경 쓰는 태도가 좋았던 건지 매번 만날 때마다 그랬다.

관계를 확장하는 건 쉬웠지만, 정리는 생각보다 쉬운 일이 아녔다. 서서히 연락빈도 수를 줄이며 결국은 아예 연락하지 않게 되었는데.... 이래도 되나 싶을 정도로 좋았다. 새로운 친구를 사귈 때의 즐거움에 적어도 10배 이상의 기쁨과 평화가 찾아왔다.

주기적인 방 정리가 필요하듯 관계에도 정리가 필요하다.

단순히 비운 자리에 새로운 관계가 생긴다는 걸 말하려는 게 아니다. 나에게 해로운 관계라면 그냥 그 공간은 비워두는 게 차라리 낫다는 것이다.

[마음의 방 정리대상자]

첫 번째는 헤어진 연인

연말이나 연초에 새벽 1~3시쯤 연락 오는 전 애인의 카톡. 이 정도면 제야의 종소리가 아닌가 싶을 정도다.

"... 자니?"

어쩌다 낮에 연락 오면 내용만 조금 다르다.

"... 잘 지내?"

잘 지내고 잘 자니까 연락하지 말라고 해야 한다.

두 번째는 자기 필요할 때만 찾는 사람

애인과 싸울 때마다 불러내서 위로해달라고 하면서, 평소엔 데이트 해야 한다며 연락조차 안 되는 친구, 카톡 답장 한번 안 하다가 갑자기 연락 와서 어차피 쓰는 생필품을 본인에게 사면 서로 좋지 않냐고 영업하는 동창, 본인 힘들 때는 몇 시간이고 통화하면서 내가 전화하면 바쁘다며 서둘러 끊는 사람. “우리 사이에 뭐 어때!” “친구 좋다는 게 뭐야”라고 말하며 본인 편한 대로만 하는 사람은 과감히 잘라내야 한다. **자기밖에 모르는 사람은 계속 혼자 잘 먹고 잘살 수 있도록 보내주자.**

물론 이런 생각이 들 수 있다. ‘평소엔 계속 속상하게 해도 가끔은 나에게 힘을 줄 때도 있어.’ ‘그 사람이 나를 너무 특별하게 생각해서 자꾸 연락하는 거야.’ 누군가에게 특별한 사람이 되는 경험은 당연히 말로 다 할 수 없을 만큼 좋다. 그런데 스스로 이 질문을 꼭 던져보았으면 좋겠다.

그 사람에게 내가 진짜 특별한 사람일까?
10명 중에 나를 유독 특별하게 여기는 건지
9명이 곁을 떠나서 그 사람의 말을 들어줄 수 있는 사람이
나밖에 남지 않아서인지 말이다.

대부분 후자일 가능성이 크다. 이건 특별한 사람이 아니다. 그냥 남아있는 한 명뿐이다. 그래서 잘 채우는 것만큼 중요한 것이 잘 정리하는 것이다.

[좋은 사람 곁에 좋은 사람이 있는 진짜 이유]

좋은 사람이 되면 자석의 N극과 S극처럼 자동으로 사람들이 몰려드는 걸까? 물론 어느 정도 그럴 수 있지만, 세상은 생각보다 그렇게 호락호락하지가 않다. 내가 가는 길이 늘 꽃길일 순 없는 것이다. 나에게 말을 심하게 하는 사람과 나를 이용하는 사람 등 내가 원하지 않는 타입의 사람이 오히려 더 많다. 그리고 우린 그 가운데를 뚜벅뚜벅 걸어가야 한다. 그 길은 다 비슷하다.

그런데도 좋은 사람이 곁에 많은 사람은 자신에게 해가 되는 관계를 곁에 오래 두지 않기 때문이다. '왜 내가 있는 곳만 비가 내릴까?'가 아니다. 저 사람에게도 똑같이 비가 내렸다. 단, 미리 우산을 준비했거나 우산 없이 비를 맞아버렸다면 얼른 씻고 따뜻한 차를 한잔 마신 것이다. 내 곁에 날 힘들게 하는 사람들이 많은 이유를 내가 나빠서 내가 별로여서라고 생각하지 말자. 내가 아직 정리하지 않을 뿐인 거다.

좋아할 수밖에 없는 사람의 말투

[말 한마디로 완전히 달라진 분위기]

친한 지인의 차를 타고 가던 길이었다. 바로 옆 차선에 있던 차가 급하게 앞으로 확 끼어들었다. 놀이공원 범퍼카도 아닌데 부딪치려고 작정한 듯 보였다. 다행히도 사고는 면했고, 그 차는 아슬아슬하게 내가 탄 차를 지나쳐갔다. 난 상대 운전자에게 화가 정말 머리끝까지 났고, 운전하던 지인도 화가 났는지 "와…"라는 탄식을 연신 내뱉었다. 그리고 이렇게 말했다.

"점마 똥이 윽시 급한갑다. 와… 급하게 가네."

팽팽한 감정선은 그 말 한마디로 누그러졌고, 오히려 한참을 웃었다. 빨리 가는 그 차의 뒷모습이 마치 화장실로 재빠르게 뛰어가는 모습 같았기 때문이다. 그 말 한마디에 갑자기 상대를 걱정하는 여유까지 생겨버렸다. 뭔가 휴지를 챙겨주고 싶은 마음이랄까?

감정은 금방이라도 터질 듯 크게 부풀어 올랐다가 작아졌다가 반복한다. 하루에 수십 번도 더 그러는데 한 번 커진 감정이 작아지는 데에 시간이 꽤 걸리기도 한다. 그런데 별거 아닌 말 할 마디에 언제 그랬냐는 듯 화가 누그러들어서 정말 신기했던 하루였다.

말에는 굉장한 힘이 있어서 생각보다 분위기를 쉽게 바꿔버린다. 그리고 그런 순간들이 하나둘 모이면 이런 하루가 된다. 그리고 그런 순간들이 하나둘 모이면 이런 하루가 된다.

별일 없는데도
이상하게 기분 좋은 그런 하루 말이다.

[때론 쓸데없어 보이고 가벼운 이야기가 필요하다]

엄마가 아빠에게 자주 하셨던 말씀이 있다.

“또 실없는 소리 한다. 또....”

그렇게 말해놓고 늘 크고 작은 웃음을 터트리는 엄마가 이해 가지 않았지만 어쨌든 어릴 때의 나는 ‘실없는 소리’라는 말에는 전적으로 동의했다. 왜냐하면, 아빤 이런 말을 너무 자주 하셨다.

나　　: 아빠, 눈에 넣어도 안 아픈 게 자식이에요?

아빠　: 그치. 원래 부모는 다 그렇지.

나　　: 오~ 내리사랑!

아빠　: 근데 니는 눈에 넣으면 아프지, 눈에 들어가기엔 너무 크잖아. 으하하!

쓸데없어 보이는 말들투성이였는데 시간이 지나고 보니 그게 주변 사람들과 가깝게 지내는 데에 꽤 큰 역할을 한다는 것을 알게 되었다. 때론 호감을 쌓이게 하여 연애로 이어지게 했고, 친구와는 더 돈독해졌으며 주변 지인들과의 시간도 더 즐거워졌다.

때론 작은 웃음을 만들기도 했고, 다소 무거운 이야기의 무게감을 조금 줄여주기도 했다. **나의 무거운 이야기가 듣는 사람의 귀에**

들어가 그 사람의 마음마저 무겁게 하지 않도록 말이다. 이런 작은 배려는 상대에게도 고스란히 전달된다.

코로나 때문에 건강이 급격히 나빠져 병원에 입원한 아빠는 내게 이렇게 말씀하셨다. "이렇게 된 거 병원에서 편하게 휴가 보내고 좋다마. 병원도 억수로 크다. 난 이제 쉴 거니까 이제 전화 끊자." 다른 어떤 표현보다도 농담 섞인 그 말 한마디가 날 얼마나 사랑하고 배려해주는지 느낄 수 있었다.

감정적으로 힘든 일은 생각보다 자주 일어난다. 그래서 부정적인 말은 늘 머릿속을 뱅뱅 돌 수밖에 없고, 입술 끝에 대롱대롱 매달려 있게 된다. 그런데 이걸 어떻게 받아들이고 표현하느냐에 따라 호감 가는 사람이 되기도 하고, 더는 보고 싶지 않은 사람으로 분류되기도 한다.

받아들일 때부터 그 입력값이 긍정적이기보다는, 그걸 어떻게 재해석 하느냐에 따라 호감도가 달라진다. 가볍게 풀어 표현한 그 말은 때론 웃음을 주고, 무게감을 줄여 듣는이에게 부담이 되지 않게 한다. 그리고 스스로에게도 다음으로 넘어갈 용기를 만들어 준다.

그런 능력이 있는 사람을 어떻게 좋아하지 않을 수가 있을까.

Say

<당신에게 꼭 하고 싶은 말>

분노와 불안 등 비구름 같은 감정은 하루에도 수차례 찾아온다. 그걸 온전히 다룰 수 있는 사람은 없을 것이다. 천둥, 번개에 비바람까지 부는 데 기분 좋은 사람이 어디 있을까.

그렇지만 가끔은 그 비트에 맞춰 장난스럽게 어깨를 들썩거릴 필요가 있다. 그러고 나서 건넨 말 한마디는 당신의 독보적인 매력이 될 것이다.

상대의 마음을 무장해제시키는 방법

[상대 마음을 무장해제시킨 질문]

최근에 한 친구가 그런 걸 물어본 적이 있었다.

"나 자존감 많이 낮아 보여?"

그 말에 누군가는 "아니야~ 너 자존감 높아."라고 하기도 하고 누군가는 "좀 낮은 편이긴 하지."라고 대답을 하는데, 딱 한 명 A가 이렇게 말을 했다.

"그걸 왜 물어보는 거야? 너 혹시 무슨 일 있었어?"

친구는 별일 없었고 그냥 물어보는 거라는 대답만 계속했다. 그렇게 대화가 끝나나 싶었는데 “네가 갑자기 그런 질문을 하게 된 계기가 있었을 것 같아서....” 한 번 더 의도를 물어보는 A의 말에 그 친구는 입을 떼기 시작했다. 그렇게 줄줄이 소시지처럼 에피소드가 연이어 계속 이어져 나왔다. 그리고 A는 그 친구의 말에 일일이 대답하기보단 말을 다 할 때까지 경청해 주었다. 속에 있는 말을 다 쏟아내고 나서야 A는 “넌 자존감이 낮은 게 아니야”라고 이야기해주었다.

질문의 의도를 물어보았던 그 말은 정말 많은 뜻을 담고 있었다. 상대의 말에 대한 경청은 물론이거니와 상대에 대한 걱정까지 다 담겨있었고, 그 마음이 전달되었기에 속에 있던 말들이 계속 나온 것이다.

[계속 이야기하고 싶게 만드는 대화법]

사실, 이 방법은 개인적으로 자주 쓰는 방법이고, 너무 효과적이어서 매번 신기할 정도이다. 정말 이보다 더 좋은 방법이 있을까 싶다. 호감은 있지만, 아직 친하지 않은 사람부터 오랜만에 본 친척, 어색한 거래처 담당자, 그날 처음 본 친구의 지인까지. 이것 하나만으로도 나의 주변 관계에 개선과 유지에 대단히 많은 도움이 되었다. 일단, 이 방법은 대화할 때 주로 생기는 아래 2가지 힘든 점들을 모두

커버할 수 있다.

A. 자꾸 내 이야기만 하게 된다.
B. 대화를 어떻게 이어나가야 할지 모르겠다.

이 문제는 역할을 정하면 생각보다 쉽게 풀린다. 나는 MC, 상대는 게스트로 정하는 것이다. 그리고 포인트는 **나의 토크쇼에 상대를 게스트로 섭외한다는 점이다.**

자꾸 내 이야기만 하게 된다면 이미 이 토크쇼에 주인공은 나라는 걸 상기시켜보자. 내가 더 돋보이려면 게스트가 자신의 이야기를 잘 꺼낼 수 있도록 해야 한다. 그걸 잘 해낼수록 나의 토크쇼는 성공리에 끝이 나는 것이다.

그리고 A와 B 두 고민의 해결책이 될 대화 방법은 **상대에게 진심으로 관심을 갖고 질문하는 것**이다. 자신의 말에 누군가 귀 기울여 주면 꼭 그 사람에게 중요한 사람이 된듯한 기분이 들고 더 많은 이야기를 나누고 싶어진다. 그 기본은 경청이고, 그걸 해야 할 수 있는 게 질문이다.

'진심이 담긴 질문을 하는 것'은
계속 이야기하고 싶게 만드는 매력적인 대화법이다.

예를 들어 어제 점심때 옷에 짬뽕 국물이 튀었다는 상대의 말에 "저도 그럴 때 있어요. 사실 저번 주에...."라고 대화의 흐름을 나에게 다시 가지고 오는 것보단 스포트라이트를 상대에게 계속 비춰주며 이렇게 질문을 하는 방법도 있다. "무슨 옷 입고 계셨는데요? 설마 흰색은 아니죠?"

여름 휴가 때 베트남 여행 갔었다는 말에 "저도 가볼까 생각 중인데 경비는 얼마나 들었어요? 맛집 좀 추천해줘요."라고 본인이 궁금했던 것들을 물어보는 게 훨씬 더 좋다.

상대의 마음을 무장해제시키고 이야기에 불을 붙이는 데에는 화려한 말솜씨가 필요한 게 아니다. 작은 불씨를 틔워줄 불쏘시개와 같은 **진심이 담긴 질문을 툭 건네는 것만으로도 충분하다.**

Say

<당신에게 꼭 하고 싶은 말>

간혹 미리 대화 주제를 정해서 가거나 무조건 상대의 말에 다 동의하고 맞장구를 치는 경우가 있다. 그런데 미리 계산해둔 공감은 그 어색함이 티가 날 수밖에 없고, 대화를 끌고 가기도 어렵다. 대화의 목적은 정보를 주고받거나 서로 얼마나 비슷한지 확인하려는 게 아니다. 서로의 이야기에 얼마나 집중하고 관심을 가지는지가 대화에서 가장 중요한 부분이다.

상대를 당신의 토크쇼에 게스트로 초대해보자. 당신은 분명 최고의 MC가 되어 이야기를 잘 끌어낼 것이고, 서로에게도 분명 즐거운 시간이 될 것이다.

상대방을 대하는 나이스한 태도법

[콧대를 그만 낮추자]

고대 그리스에 널리 알려진 유명 격언이기도 하고, 소크라테스의 명언으로도 알려진 '너 자신을 알라.'는 말이 있다. 쉽게 말해 무지함을 깨닫고 인정하라는 뜻인데 지금은 '네 분수를 알아라.'라는 의미로 많이 사용되고 있다. 콧대가 하늘을 찌르고 분수에 넘치는 행동을 하는 이들이 주의 깊게 들어야 하는데, 이미 겸손한 사람에게 더 와 닿았나 보다. 자신의 콧대를 낮추는 것도 모자라 바닥까지 내리는 걸 꽤 자주 본다.

A : 저는 인기도 별로 없었고, 친구도 많이 못 사귀었어요.

B : 직급만 대리예요. 딱히 중요한 일을 하는 것도 아니고요.

C : 제가 외모가 좀 별로죠?

퇴근 후 자주 가는 카페가 있는데 이런 말이 여기저기에서 들린다. 분위기를 보아하니 소개팅인데 저런 말을 하는 사람을 한주에 한 명씩은 꼭 본다. 과소평가도 그런 과소평가가 없을 것이다. 물론 자기자랑만 늘어놓는 분도 많다. 하지만 그게 좋지 않다는 건 다들 쉽게 인지하지만, 콧대를 과하게 낮추는 것에 대해서는 상대적으로 큰 문제로 삼지는 않는다. 그렇지만 이건 자신도 모르게 스스로 헐뜯어 가치를 떨어트리는 위험한 행동이다.

겸손은 자신을 내세우지 않고, 타인을 존중하는 것이다.
자신을 깎아내리는 것은 겸손이 아니라 자기비하이다.

나는 센스도 좋고 잘 웃는 편인 데다가 옷 핏도 꽤 멋진 사람인데, 수많은 장점은 미뤄두고 3시간 내내 콤플렉스라고 생각하는 발바닥만 보여주는 것과 같다. 그리고 그게 진짜 콤플렉스라고 하더라도 그걸 굳이 첫 만남에 다 보여줄 필요는 없다. 솔직함이 무기라고 많이 이야기하지만, 상대가 궁금해하지 않거나 지나친 솔직함은 관계를 무너트릴 무기가 되기도 하니까. 순기능으로 쓰일 것인지 역기능으로 쓰일 것인지는 본인의 몫이다.

[칭찬도 받는 연습이 필요하다]

연애할 때 가장 서운했던 걸 생각해보면 뭔가를 못 받았을 때 보다 내 마음을 건넸을 때 그걸 받는 상대의 태도에서 비롯되는 경우가 많다. 그래서 주는 것만큼이나 진심으로 고맙게 잘 받는 것도 중요하다.

이건 테니스 치는 것과 비슷하다. 가장 재미있는 게임이 어떤 경우인지 생각해보자. 한쪽이 매우 잘 치는 경우? 아니면 공을 보자마자 잽싸게 피해서 3초 만에 끝나는 경우? 주고받는 게 잘되는 경기가 제일 재미있는 법이다.

칭찬을 들으면 '아닙니다.'라고 하지 말고
'감사합니다.'라고 해보자.

칭찬에 반박하는 게 아니라 감사하게 흡수하는 것이다. 예를 들면 이런 것들이 있을 수가 있다.

옷 잘 어울리세요. - 감사합니다. ○○씨도 오늘 멋진데요?
웃는 게 참 예쁘시네요. - 그런가요? 그럼 더 많이 웃어야겠어요.
배려심이 진짜 좋으신 것 같아요. - 좋게 봐주셔서 감사합니다.
목소리가 정말 좋아요. - 고마워요. 덕분에 기분 너무 좋은데요?

'너무 거만한 게 아닐까.' 생각하면서 못하겠다고 하지 말고 일단 감사하게 받아보자. 칭찬도 사랑도 잘 받아야 잘 건넬 수도 있다. 그런 의미에서 소크라테스의 명언에 한 줄을 더 덧붙여 본다.

너 자신을 알라.
네가 얼마나 좋은 사람인지.

Say

<당신에게 꼭 하고 싶은 말>

우린 누군가와 만났을 때 명함을 주고받으며 서로 소개한다. 명함에 과장이라고 적혀있으면 과장님으로 부르고, 영업직이라 적혀있으면 그 업무에 관해 이야기하기도 한다.

당신은 자신을 어떤 사람으로 소개하고 있는가?

상대가 나를 어떻게 생각하고 어떻게 대할 것인가는 내가 나를 대하는 태도에 달렸다.

개성이 없다고
매력적이지 않은 건 아니다

[자신만의 강한 컬러를 가진 사람]

자신의 컬러가 강한 사람은 어디를 가나 꼭 한 명은 있기 마련이다. 자기 의견을 명확하게 말하는 모습은 때론 멋있어 보이고, 때론 닮고 싶다는 생각도 든다. 마치 드라마 주인공 느낌이랄까.

자신만의 아이덴티티를 가진 사람에게 항상 시선이 갔고, 그들에게는 오래 머물게 만드는 힘이 있다. 그렇다고 해서 강한 컬러만이 정답은 아니다. 오히려 그 반대가 더 정답에 가까울 수도 있다.

삼시 세끼 어촌 편은 정말 수십 번도 더 본 예능이다. 배우 차승원, 유해진, 손호준 세 사람이 섬에서 생활하는 모습을 보여주는 리얼버라이어티이다. 특유의 느낌, 편안하면서도 크고 작은 미소가 입가에 머물게 하는 가장 최애 프로그램 중 하나이다. 거기에서 각자의 성격 그러니까 본인의 컬러에 대한 내용이 나왔었다.

손호준 : 제 색깔은 딱히 없는 것 같아요. 누구를 만나도 그냥 그 사람이 편한 대로 지내는 편이라 근데 사람이 색깔이 없는 건, 전 되게 고민이에요.

유해진 : 에이~ 그렇다고 네가 색깔이 없진 않지. 분명 너도 네 색깔이 있지. 색깔이 너무 짙어지는 게 경계해야 할 일이지. 나는 그런 고민이 있는 거 같아. 날이 갈수록 자기 것이 굳혀지는 것 같아서.

배우 차승원과 유해진은 오히려 색깔이 강해서 고민이라고 했다. 성격의 색깔이 너무 강렬해서 눈에 잘 띄기는 해도 다른 사람의 컬러와 어울리기가 쉽지는 않으니까.

나만의 색깔도 없는 것 같고 뚜렷하지 않는다는 느낌에 시무룩 해 있을 필요는 없다. 오히려 그게 큰 장점이 될 때도 많다. 아카펠라의

화음이 아름다운 건 특정 음이 강하게 튀어서가 아니라 조화를 이루었기 때문이다. 강한 색은 그것대로의 매력이 있고, 은은한 색도 역시 굉장히 매력적이다.

Say
<당신에게 꼭 하고 싶은 말>

강한 빛을 내며 붉게 타오르는 태양도 멋있지만 수많은 빛으로 밤하늘을 수놓은 별 또한 아름답다. 사람마다 다르겠지만 난 개인적으로 바라보는 것도 힘든 태양보단 밤하늘을 볼 때 더 멋지다고 생각하는 편이다.

강한 색깔, 강한 빛만이 매력이 되는 건 아니다. 정말 매력적인 당신은 수많은 빛으로 반짝거리는 예쁜 밤하늘을 닮았다.

지금이라도
헤어져야 하는 사람

모든 관계를 소중히 여기고 지킬 필요는 없다. 특히 알게 된 기간이 길수록 우린 그만큼 더 소중하다고 착각을 한다. 그 긴 시간 동안 나는 마음을 나누었지만, 상대는 단순히 시간만 나눴을 수도 있다.

관계를 정리할 땐 마음 한구석이 찢겨 나가는 것 같아도 애매한 관계는 빠르게 정리하는 편이 낫다. 우유를 소화 시키지 못하는 사람이 우유를 계속 마신다고 해서 어느 날 갑자기 유당분해효소가 생길까? 속이 더부룩하다면 우유를 끊는 편이 올바르다. 이런 사람 역시 지금이라도 헤어지는 편이 옳다.

[솔직함으로 한껏 포장한 무례함]

“다들 나 까칠하다고 오해하고 싫어하는데 진짜 억울해. 난 그냥 솔직한 편인 거잖아.” 주변 사람들이 이유 없이 누군가를 마냥 싫어하는 경우는 잘 없다. 게다가 한마음으로 그런다는 건 그 사람이 솔직함과 무례함을 구분하지 않았을 확률이 높다.

이런 사람이 해로운 이유는 개선의 의지가 없기 때문이다. 모르고 순간 뱉은 말이 아니라, 자신의 무례함에 정당성을 주기 위해 솔직함을 포장지로 쓰고 있다. 그가 한 말에 상처를 받았다고 하면 돌아오는 대답은 뻔하다. 돌려서 표현을 잘 못 한다는 것이 답변일 것이다. 그리고 상대가 수긍하지 못하면 화살을 돌려 상대를 속 좁은 사람으로 만들어 버린다.

좋은 약은 입에 쓰고, 충언은 귀에 거슬리지만 도움이 된다. 둘 다 맞는 말이다. 그런데 그렇다고 해서 듣기 불편한 모든 말이 약이 되고, 도움 되는 건 아니다. 백번 양보하여 모르고 한 말이라고 하더라도, 타인을 생각하지 않는 솔직함은 무례함이나 마찬가지다.

[원래 그렇다는 사람]

"나는 원래 술 마실 땐 연락이 아예 안 돼."

"걔랑은 원래 여행도 자주 갔어. 걘 나한테 여자도 아니야."

'원래 그렇다.'라는 저런 문장에 쓰이라고 있는 말이 아니다. 결국, 이런 사람의 말 속에 숨겨진 뜻은 이것이다.

1. 바뀔 필요성을 못 느끼겠다.

2. 다른 의견을 받아들일 생각이 없다.

요즘은 자신의 성격을 이야기할 때 MBTI를 많이 언급한다. '난 원래 사람들을 많이 만나는 걸 좋아하니까.' '난 계획적이지 않은 타입이라 계획적인 네가 하는 게 맞지.'

MBTI 성격유형 검사는 나 자신을 더 잘 이해하고 서로를 더 쉽게 이해하기 위함이지 내 성격을 상대에게 강제로 이해시키기 위함이 아니다.

[별생각 없었다는 사람]

"그냥 별 생각 없이 한 말인데? 왜 이렇게 예민하게 받아들여?" 이런 말을 자주 하는 사람도 조심할 필요가 있다. 생각 없이 말한 거면 고의는 아니니까 괜찮지 않냐는 생각이 들 수도 있다. 물론 내가 의도한 바와 상대가 받아들이는 게 달라 상황을 풀어가기 위해서 하는 말이라면 상관없다. 그렇지만 상대를 예민한 사람으로 규정짓고 단순히 상황을 넘기는 거라면 분명 문제가 있다.

무심코 던진 돌에 개구리는 죽는다. 근데 거기다 대고 "개구리야. 생각 없이 던진 건데 너무 예민하게 구는 거 아니야?"라고 한다면 도대체 누구를 탓해야 하는 걸까?

이 글을 읽는 지금 혹시 떠오르는 사람이 있는가? 만약, 누군가를 만나고 집에 올 때 '왜 저렇게 행동하지?'라는 물음표가 지속적으로 드는 사람이 있다면 그냥 넘기기보다 어떤 사람인지 가만히 들여다볼 필요가 있다. 우린 유해한 사람과 무해한 사람을 구분하는 눈을 키워야 한다. 나를 좀먹는 관계라면 지금이라도 단호히 정리해야 한다.

Say
<당신에게 꼭 하고 싶은 말>

휴대폰에는 '편하게 화면보기' 기능이 있다. 눈에 피로감을 높이는 블루라이트를 줄이고 따뜻한 색감으로 눈을 좀 더 편안하게 해준다. 그래서 오래 보아도 상대적으로 눈에 무리가 덜 가게 된다.

마찬가지로 피로감을 많이 주는 관계는 오래 보기 힘들다. 상대의 마음은 안중에도 없고 '난 솔직한 편이잖아.' '난 원래 그래.' '별생각 없이 한 말인데?'와 같이 헛소리를 아주 정성스럽게 하는 사람이 있다면 그 관계는 이미 끝난 사이다.

당신도 모르는 사이에 이해를 강요받고 있었을 수도 있다. 서로 아는 사이라고 해서 그게 다 인맥은 아닌 것처럼 모든 관계를 지킬 필요는 없다.

나도 누군가에게 상처를 줄 수 있는 사람이다

[상처를 준 사람은 없고, 받은 사람만 있는 이유]

"헤어졌어? 내가 너 이럴 줄 알았다. 성격 좀 고쳐."
"운동? 또 등록만 하고 안 가려고? 어차피 안 할 거 때려치워"
"넌 머리에 도대체 뭐가 든 거야?"

친한 사이는 마음을 편히 나누게 된다. 아니 더 정확히 말하자면 말을 편하게 뱉는다. 회사나 학교에선 배려심 깊게 곧잘 말하던 사람도 친한 친구와 지인, 가족에겐 무시하고 조롱하는 말을 서슴없이 한다. 거칠게 말하는 게 친한 사이임을 알려주는 척도인 것처럼 행동한다. 가깝고 막역한 사이니까 다 이해해줄 거라는 생각과 애정을 기반으로 하는 말이니까 해도 된다는 식이다.

편하게 대하는 것과
함부로 대하는 것은 엄연히 다르다.

허물없이 지낸다는 건 흉허물을 가리지 않는다는 것이지 상대의 체면을 깎아내려도 된다는 뜻이 아니다. 물론 막역한 사이인 사람과 나누는 대화만큼 재미있는 건 없다. 다소 짓궂은 말도 웃음 포인트가 될 때가 많으니까. 그렇지만 가장 상처받는 순간 역시 가까운 사람이 건넨 말 때문이다.

[우린 서로 상처를 주고받는다]

내가 받은 상처는 언젠가 누군가에게 준 상처와 같을 수도 있다. 우리는 매 순간 의도와는 상관없이 상처를 주고받는다. 이런 사실은 많은 생각을 하게 한다. 당신에게 날아온 화살이 무조건 다 악의적으로 쏘여진 게 아니다. 그러니 다른 사람의 말에 너무 휘둘리고 오래 아파하지 않았으면 좋겠다. 그리고 당신의 화살 끝이 누군가를 다치게 하지는 않는지 특히 가까운 사이일수록 더욱 조심해야 한다는 걸 기억하자.

내 의도와 상관없이 우린 하루에도 몇 번씩이나
누군가에겐 좋은 사람, 누군가에겐 나쁜 사람이다.

[우리에게 필요한 것]

최근 서울 도봉구에 사는 30대 한 가장의 편지가 공개되었는데, 많은 이들을 울려버렸다.

"인생이란 그런 것입니다.
이해하지 못한 상대를 이해해 나가는 것.
내가 그 입장이 될 수 있음을 인정하는 것.
그 모든 거절과 후회가 나를 여기로 이끌었음을 아는 것."

23년 봄, 영화 '아기공룡 둘리'가 40주년을 맞이하여 재개봉을 한 것을 기념하여 고길동 캐릭터를 통해 쓰인 편지이다. 한집의 가장인 고길동과 초록색 공룡 둘리의 일상을 그려낸 내용인데, 당시 만화가 방영되었을 때 고길동 아저씨는 귀여운 둘리를 혼내는 악역처럼 보였다.(실제로 많은 어린이에게 미움을 받았다) 그런데 그 어린이들이 이제 한집의 가장이 되면서 오히려 고길동의 마음을 이해하게 된 것이다. 둘리는 허락도 없이 아저씨 집에 들어갔고, 아저씨를 때리는 것도 모자라 집 자체를 다 부숴버렸다. 지금으로 본다면 주거침입은 물론 재물손괴죄 모두 해당하는 것이다. 그런 둘리를 미워하긴 했지만 그래도 결국은 가족으로 받아들였던 고길동이라는 캐릭터는 성인군자로 불리고 있다. 이해가 가지 않는 사람들 사이에서 함께 생활하며 하루하루를 버텨내는 지금의 어른에게 고길동의 편지는 매우 반가웠을 것이다. '우리 어린이들 모두 그동안 잘 있으셨는지.'라는 안부 인사로 말문을 연 그의 편지는 다 자라난 어른들에게 따뜻한 위로가 되었다.

서로 다른 사람이 함께 생활하다 보면 모난 부분이 부딪히기 마련이다. 그러다 보면 의도치 않게 상처를 주고받는다. 우리는 그렇게 이해의 폭을 넓히며 조금씩 어른이 되어간다. 좋은 어른이 되는 첫 시작은 나 역시 상대에게 상처를 줄 수 있음을 아는 것이다. 마지막으로 당신에게 묻고 싶다.

당신은 상처를 줄 수 있다는 걸 인정하는 어른인가?

내 삶이
0순위가 되어야 하는 이유

[이기적인 게 아니라 당연한 것]

몇 년 전, 외가 식구들과 함께 소고기국밥을 먹으러 간 적이 있다. 자리가 부족해서 어른들과는 조금 떨어진 작은 테이블에 동생과 함께 앉게 되었다. 그런데 갑자기 이모부께서 내게 할 말이 있다며 자리로 오셨다. 할아버지, 부모님, 두 동생과 줄곧 같이 살다가 며칠 전에 독립한 상태였기 때문에 혼자 사는 건 어떤지 물어보실 거라 생각했다. 그런데 전혀 생각지도 못한 이야기가 나왔다.

"집 생각은 일절 하지 말고, 돈 번 거로 맛있는 거 사 먹고 이제 너만 생각해."

갑자기 이게 무슨 말인가 싶었다. 마치 이기적인 삶을 살아야 한다는 것처럼 들려서, 이내 수저를 내려놓고 이해 안 된다는 표정으로 이모부를 빤히 바라보았다.

"이제 가족은 그만 챙기고, 네 삶을 좀 살아라. **원래 너 자신이 제일 중요한 거야. 이기적인 게 아니라 그게 맞는 거야.** 그래서 난 네 독립 소식이 참 좋더라. 잘했다. 독립 축하한다."

살면서 단 한 번도 들어본 적 없던 말이라 당황스러웠다. 그리고 그날 저녁, 집에 들어가는 길에 복잡했던 머릿속이 조금씩 정리가 되더니 현관문을 닫자마자 나도 모르게 그 자리에 주저앉아 한참을 울었다.

어릴 때부터 어른들에게 줄곧 들었던 말은 '가족을 신경 써야지.'였다. 그래서 나 자신을 늘 뒷순위로 미루다 보니 점점 들여다보는 횟수와 시간이 줄어들었고, 나중엔 있다는 사실조차 잊어버릴 때가 많았다. 마치 신발장 가장 위 칸, 눈에 띄지 않는 곳에 구겨 넣어둔 낡은 신발처럼 말이다.

"어린데도 참 착하고, 어른스럽네."라는 칭찬을 들으면 내심 뿌듯했었지만 정작 상처는 깊어져 갔다는 걸 그땐 몰랐다. 어린아이일 때에는 어려웠지만, 어른이 된 지금은 자신만의 기준선을 만들어갈 힘이 충분히 있었다. '나 자신'은 사실 특별히 대우해야 할 중요한 VIP로 생각해야 한다. 이를 위해 모든 관계를 끊는 게 올바르다고 말하려는 게 아니다. 한정된 시간 속에서 나의 삶을 살아내며 타인과 건강한 관계 형성을 하려면 상대의 요청을 거절해야 할 때가 반드시 생긴다. 그리고 이건 내가 0순위여야 가능한 일이다.

[나에게 너무 소중한 너는, 2순위이다]

소중하지 않은 관계는 없다. 그런데도 우리는 수시로 물어보고 또 상대에게 본인이 1순위이기를 바란다. 그 기대감이 충족되지 않을 땐 서운해하기도 하며 때론 버럭 화를 내기도 한다.

"사귀는 사이에 이 정도는 해줄 수 있잖아."
"자식이 돼서 부모한테 이것도 안 해주니?"
"우리 사이에 너무 한 거 아니야?"

대인관계는 둘 이상이 빚어내는 정서적인 관계를 뜻한다. 작게는 너와 내가 만들어낸 관계인데 그 관계에서 상대가 무리하게 요구를 하며 늘 1순위가 되고 싶다고 떼를 쓴다면 확실히 이야기해둘 필요가 있다. 모든 관계는 나로부터 시작되기 때문이다. 스스로 어떤 사람이라고 생각하는지부터 작게는 그날 나의 몸 상태와 기분에 따라 말과 행동은 완전히 달라진다. 결국, **나 자신을 소중히 여길 줄 아는 게 건강한 관계의 출발점이다.** 당신도 알듯, 모든 관계는 노력이 필요하다. 그래서 항상 존중해야 한다. 나에게 너무 소중한 2순위로써 말이다.

[내가 아니면 안 되는 관계는 없다]

과한 책임감을 떠안아 힘들어하는 사람들이 꽤 많다. 내가 아니면 상대가 정신적으로 무너지지 않을까 걱정되는 것이다. 그래서 지나친 배려와 이해를 끊임없이 강요당해도 다 들어주게 된다. 그렇지만 꼭 잊지 말아야 할 것이 있다.

내가 아니면 안 되는 관계는 없다.

당장은 그런 생각이 들 수 있다. 내가 아니면 친구, 가족, 애인이 힘들어질 것 같으니까. 나 역시 그 생각 때문에 독립을 더 늦췄었다.

같이 살아야 도울 수 있는데 나 혼자 너무 편하게 사는 게 아닐까 하는 생각이 항상 발목을 잡았다. 그렇지만 각자의 역할은 스스로 해내는 게 맞다. 오히려 나의 과한 배려가 그들의 자기관리 능력을 낮추게 만들 수도 있다. 이는 과한 의존성을 만들며 자존감 역시 떨어지게 만든다. 그리고 반대로 내가 지금까지 해준 것에 대한 보상심리가 작용하여 올바른 관계 형성에 장애물이 되기도 한다.

주변 사람을 믿어야 한다.
그들은 스스로 문제를 해결할 수 있을 것이며
내 생각보다 훨씬 더 강한 사람이다.

서로 도움을 주고받는 것도 중요하지만 이것과는 별개로 기본적인 건 자신을 잘 돌보는 것이다. 이건 결코 이기적인 게 아니며 길게 보면 모두가 행복해지는 가장 빠른 지름길이다.

ay

<당신에게 꼭 하고 싶은 말>

당신이 제일 소중하다. 이기적인 게 아니라 그게 맞는 것이다. 만약 자신을 돌보는 기본적인 것조차 이기적이라고 표현하고, 서운하다고 상대가 말했다면, 이기적이어도 좋다. 그렇게라도 지켜내야 하는 게 본인 자신이니까.

각자의 마음속에는 VIP가 있다. 그건 가족도 친구도 애인도 아닌 바로 나 자신이다.

사람도 업데이트가 필요하다

[업데이트하시겠습니까?]

컴퓨터 전원을 끌 때 보통 2가지 옵션이 있다.

옵션 1. '시스템 종료'

옵션 2. '업데이트 및 종료'

'무슨 업데이트를 이렇게 자주 하지?' 싶기도 하고, 한다고 해도 별로 달라질 게 없을 거란 생각에 그냥 꺼버리는 경우가 많다. 하지만 업데이트는 꼭 필요하다. 취약점을 보완해주는 보안패치가 있을 뿐만 아니라 오류를 줄여주고 성능향상에 도움이 되기 때문이다.

우리의 일상도 크게 다르지 않다. 반복되는 일상 사이로 수많은 감정이 매 순간 밀려들어 오고, 불안은 이내 취약점이 되어버린다. 어쩔 땐 공허하고 무료하며, 때론 불안하기도 한 그 감정들은 한 번 들어오게 되면 손 쓸 수 없게 될 때도 많다. 이를 막을 수 있는 건 이력서에 한 줄 남길 만큼의 큰 성공이 아니라 일상생활 속 크고 작은 기쁨을 느낄 수 있는 활동을 하는 것이다. 퇴근 후, 키우는 식물이 건조한지 보려고 손으로 흙을 쿡 찔러보고 알맞게 물을 준다거나, 홈트레이닝으로 스트레칭을 하는 일 모두 좋다. 나는 작년부터 디지털 드로잉을 배우기 시작했다. 회사 점심시간을 활용하여 조금씩 그리고 있는데, 형편없는 솜씨를 누가 볼까 봐 온몸으로 가리면서 그리고 있다. 그래도 채색을 하다가 색상이 마음에 들어 어깨가 으쓱해지기도 했고, 하나씩 완성하는 내 모습이 자랑스럽게 느껴지기도 했다.

이런 행동은 긴장의 끈을 한치도 놓을 수 없는 일상과는 달라서 온전히 즐거움을 느낄 수 있고, 그 속에서 성취감도 쌓아 나갈 수 있다. 그렇게 조금씩 활력이 생기고 자기효능감이 높아지게 된다. 이는 결국 자신을 보호해줄 보안패치가 되어 준다. 불필요한 감정으로부터 보호해주는 역할을 톡톡히 해내게 되는 것이다.

일상 속 오류를 줄여주고,
삶을 지탱하는 힘을 강하게 만들어 주는 업데이트가 있습니다.
"업데이트 하시겠습니까?"

[가장 먼저 해야 할 것]

본가에 계신 엄마는 '신의 손'이라고 부르고 싶을 만큼 식물을 잘 키우신다. 시들해진 식물도 엄마에게만 가면 언제 그랬냐는 듯이 쌩쌩해진다. 하루는 그 비결을 물었더니, 이렇게 말씀하셨다.

"그것도 중요하긴 한데 그것보단
괜찮은지 자주 들여다보고, 관심을 줘야지.
사랑으로 키워야 잘 크는 거야."

식물과 사람은 가꾸는 데에 있어서 방법은 다를지 몰라도 시작은 같다. 바로 '관심을 두고 들여다보는 것'이다. 어릴 때 해보고 싶었던 건 없었는지, 관심은 있지만 잘하는 건 아니라며 우선순위에 밀린 것들은 없는지를 생각해보자.

시간을 두고 천천히 생각하다 보면 어느 날 문득 한두 가지가 머리를 스쳐 지나가게 된다. 그건 새싹처럼 아주 작지만, 호기심과 궁금증으로 가득 차 있을 것이다. 그곳에 관심을 주고 잘 키우다 보면 어느새 예쁜 꽃이 피게 된다.

Say
<당신에게 꼭 하고 싶은 말>

혹시 일상을 보내는 데에 자꾸만 크고 작은 오류에 막히고 있지는 않은가? 업데이트가 필요한 시점일 수도 있다. 해야 할 일만 하고 하루를 종료해버리기보단 시간적, 체력적 여유가 된다면 아주 작은 것이라도 해보자. 다소 지루한 일상에 기분 좋은 활력을 불어넣어 줄 것이다. 우리에게도 업데이트는 필요하다.

사랑을 받을 수 있는 가장 현실적인 방법

[평소에 어떤 말을 하는가]

드라마 이상한 변호사 우영우에서 로스쿨 동기인 최수연 변호사와 우영우 변호사가 구내식당에서 밥 먹는 장면이 나왔다. 말장난을 하던 두 사람의 대화에서 우영우가 한 대답은 많은 생각이 들게 했다.

최수연 : 사건 하나 같이 하더니 서로 별명 부르는 사이 됐냐?

우영우 : 우당탕탕 우영우는 내 별명 아니야.

최수연 : 나도 그런 거 만들어줘. 음... 최강동안 최수연 어때? 아니면 최고미녀 최수연?

우영우 : 아니야!

최수연 : 아니야?

우영우 : 응. 너 그런 거 아니야.

최수연 : 그럼 난 뭔데?

우영우 : 봄날의 햇살 같아. 지금도 너는 내 물병을 열어주고, 다음에 구내식당에 또 김밥이 나오면 나한테 알려주겠다고 해. 너는 밝고 따뜻하고 착하고 다정한 사람이야. '봄날의 햇살' 최수연이야

김밥을 먹으며 무표정으로 툭툭 내뱉은 말들이었지만 그래서 더 울컥했다. 잘 보이려고 내뱉은 말이 아니라 평소에도 갖고 있던 그 고마움을 그렇게 정확하게 표현하니 나뿐만 아니라 많은 시청자의 마음을 찡하게 했다. 문득 그런 생각이 들었다. 나는 누군가에게 이렇게 따뜻한 말을 건네본 적이 있던가? 고마운데 괜히 표현은 못 하고 장난만 쳤던 지난 일들이 생각났다. 사랑받는 방법에 대해선 다들 궁금해하지만 반대로 주는 것에 관한 관심은 상대적으로 적다. 사실, 평소에 따뜻한 말을 잘 건네는 사람은 특별한 행동을 하지 않아도 충분히 주변 사람의 애정을 받고 있다.

사랑을 받을 수 있는 가장 현실적인 방법의 시작은 평소 내가 주

변 사람들에게 어떤 말을 건네는지부터 살펴볼 필요가 있다. 진심 어린 칭찬에 인색한 건 아닌지 말이다.

[호감이 쌓이는 특급 칭찬법]

상대를 높이 평가하는 것 외에 다른 게 목적이 되면 그건 칭찬이 아니라 아첨이 된다. 인간관계의 바이블로 불리는 책 데일 카네기 인간관계론에서는 '솔직하게, 진심으로 인정하고 칭찬하는 것'의 중요성을 강조하고 있다. 그리고 미국의 철학자 랠프 월도 에머슨(Ralph Waldo Emerson)은 이런 말을 했다고 한다.

"어떤 언어를 사용하더라도,
당신의 말은 당신이 어떤 사람인지 드러내기 마련이다."

"인상이 엄청 좋으시네요."라는 말을 미리 준비해 가는 것보다 이야기를 듣고 느껴지는 상대의 장점을 진심으로 칭찬하는 게 더 와닿을 수 있다. 거기에 우영우의 대사처럼 구체적이기까지 한다면 효과는 배가 된다.

예를 들어 혼자서 해외 자유여행을 했던 일화를 듣고 "의사소통도 그렇고 혼자서 다 하기 힘들 텐데.... 진짜 대단하신 것 같아요. 저도 꼭 해보고 싶었는데 아직 못 해봤거든요."라고 할 수도 있다. 혹은 회사에서 일어나는 일에 대한 이해의 폭이 넓은 상대를 보고 "어떻게 그렇게 마인드 컨트롤을 잘하세요? 그거만큼 어려운 게 없는데, 진짜 멋진데요?"라는 진솔한 말이 상대에겐 더 와닿는다. 호감 가는 사람뿐만 아니라 주변 사람들에게 서사를 담아 따뜻한 말을 건네보자. 단순히 누군가의 마음을 얻으려는 목적이 아니라 상대를 훌륭하다고 여기고, 그 생각을 전달하려는 게 목적이 되어야 한다.

Say

<당신에게 꼭 하고 싶은 말>

온통 겨울이라 꽁꽁 얼어붙어 있는데 우리 집 앞마당만 봄이 올 순 없다. 주변 사람에게 먼저 따뜻한 말을 건네보자. 평소 하는 표현이나 행동이 따뜻할수록 나의 온정이 잘 전달될 수 있다.

제대로 된 칭찬은 잊지 못할 감동을 준다. 그런 사람을 어떻게 사랑하지 않을 수가 있을까?

대화 끊길 걱정 없는 질문 4가지

가장 좋은 대화는 시간이 빨리 지나가는 대화이다. 그만큼 서로 집중하게 되었고, 재미있었다는 뜻이 된다. 그런데 문제는 서로 어색한 사이에서는 대화량 자체가 아주 적다는 것이다. 무슨 말을 해야 할지 머리가 하얗게 되기도 하는데, **몇 가지 질문만으로도 시간 가는 줄도 모를 만큼 대화가 끊임없이 이어지게 할 수 있다.**

1. 모르는 것 물어보기

A : ○○영화 보셨어요?

B : 네? 아 요즘 영화를 잘 안 봐서....

이런 상황이 닥쳤을 때 '저 영화를 봤더라면 대화가 잘 풀렸을 텐데....' 라고 아쉬워하는 사람이 없길 바란다. 대화할 때 반드시 공감하는 대답인 "저도 봤어요! 너무 재미있지 않아요?"라고 하지 않아도 된다. 잘 모르는 부분이거나 처음 들어봤다면 그저 물어보면 된다. "그게 뭐예요?"라고 말이다. **궁금해서 물어보는 질문은 상대가 더 말하고 싶게 만드는 힘이 있다.**

<모르는 내용, 겪어보지 않은 것일 때>

A : ○○영화 보셨어요?

B : 네? 아뇨. **누구 나와요? 무슨 내용인데요?**

A : 이 근처 빵 맛있는 데 있거든요. 친구랑 어제 거기 갔어요.

B : **어딘데요? 무슨 빵이 제일 맛있어요? 추천 좀 해주세요**

<모르는 말일 때>

A : 저번 주에 패닝샷까지 다 찍고 퇴근했죠.

B : 패닝샷 **그게 뭐예요?**

상대가 이미 경험했거나 알고 있는 것에 관해 물어보는 건 대화를 이끄는 아주 좋은 방법이다. 가만히 듣고, 리액션하는 것도 좋지만 정말 궁금한 것들을 물어보면 내가 이 대화에 얼마나 집중하고 귀 기울이고 있는지 상대도 알게 된다.

2. 경험한 것을 물어보기
"혼자 여행 가본 적 있어요?"
"민초 드셔보신 적 있으세요?"
"반려동물 키워본 적 있으세요?"

상대가 해본 경험에 관해 물어보는 것도 좋다. 만약 △△역 근처에 산다고 하면 그 주변 유명한 맛집을 말하면서 가본 적이 있냐고 물어보는 것도 방법이 될 수 있다.

그리고 특별한 경험을 했다거나 반려동물 이야기가 나온다면 "그때 찍었던 사진 있어요?" "혹시 반려견 사진 있어요?"라고 추가로 더 물어보는 것도 좋다. 대단하다고 여겨지거나 관심 가는 부분이 있다면 진심으로 칭찬도 해보자. 대화 온도는 더 올라가게 될 것이다.

3. 가장 좋아하는 걸 물어보기

"가장 좋아하는 음식이 뭐에요?"

"제주도 다녀오셨다고 했잖아요. **어디가 제일 좋았어요?"**

"**가장 좋았던** 영화가 뭐에요? 퇴근하고 보려는데 추천해줘요."

사람마다 열광하는 부분은 다 다르다. 누군가는 음식이 될 수도 있고, 또 누군가는 음악이나 여행, 기타 취미가 될 수 있다. 가장 좋아하는 것에 관한 이야기는 입이 닳도록 말해도 또 하고 싶은 법이니까. 대화에 재미를 더해주게 된다.

4. 어떤 타입인지 물어보기

A or B로 한 가지를 택하는 타입의 질문을 하면 좋다.

"여행 갈 때 계획적 vs 즉흥적인 편. **어느 쪽에 가까워요?"**

"서운한 거 바로 말하기 vs 감정 추스르고 말하기. **어떤 편이에요?"**

"친구가 힘들어할 때 솔루션 vs 공감. **어디에 더 중점을 둬요?"**

둘 중의 하나를 고르라는 질문은 대답하기도 편하고 이야기하기도 쉽다. 상대의 대답에 대화를 이어나가다가 반대쪽 의견에 관해서 물어보기도 하다 보면 하나의 질문에 이야깃거리는 여러 개가 나오게 된다. **조심해야 할 건 논쟁을 해서는 안 된다는 것 그뿐이다.**

Say

<당신에게 꼭 하고 싶은 말>

어릴 적만 생각해 봐도 수업시간에 선생님께서 가장 기분 좋게 수업하실 때는 중간에 모르는 것을 물어보았을 때이다. 수업을 잘 듣는 학생도 좋지만 **적당한 질문은 상대의 기분까지 좋게 해주는 리액션이나 마찬가지이다. 게다가 상대의 이야기를 잘 듣고 있다는 뜻이기도 하다.** 물론 과한 질문은 역효과를 낼 수 있으니 적당히 활용해야 한다.

2.

나의 무해한 사랑과 이별을 위하여

"어쩌면 우리는 수많은 연애와 이별을 통해
매 순간 매력을 쌓고 있는 걸지도 모른다."

사랑받을 자격을 의심하지 않아야 한다

[당신의 잘못이 아니다]

1년에 한 번은 꼭 보는 친한 동생이 있다. 그날도 오랜만에 수다 떨 생각에 한껏 들떠서 만나러 갔는데 동생의 안색이 좋지 않았다.

"언니, 제가 다시 예전처럼 사랑받을 수 있을까요?
웬일로 분위기 좋다 싶었는데.... 역시 절 좋아할 리가 없어요."

한때 정말 사랑했던 사람과 몇 년의 연애를 했고, 그 연애의 끝이 결혼이라고 생각했는데 결국 이별로 끝나 버린 뒤, 소개팅을 몇 번 하고도 잘 풀리지 않아 불안감이 커져 버린 것 같았다. 사랑과 불안은 멀리 떨어져 있는 것 같지만, 사랑에서 한 발만 헛디뎌도 그곳엔 감당하기 어려울 만큼의 불안감이 기다리고 있다. 아름다운 헤어짐은 영화에서나 있을 법한 일이지, 현실 속 이별은 그리 녹록지 않다. 서로의 안녕을 빌기보단 모진 말들을 뱉어내는 경우가 더 흔하기 때문이다. 관계 개선이 아닌 매듭을 짓기 위함이므로, 차갑게 툭툭 뱉어진 단어 하나하나가 정서적 고통과 상처로 남게 된다.

그래서 만나기도 전에 소개팅이 취소돼버리거나 만나서도 심드렁한 상대를 보고 있을 때면 평소보다 더 예민하게 반응하게 되고, 자신을 과소평가한다.

새로운 인연을 알아가는 모든 과정이 '사랑받을 자격을 확인받는 순간'이 되는 것이다. 연애를 포함한 대인관계가 본능인 인간에게 이 이상의 지옥은 없다.

더는 사랑하지 않는다는 전 연인의 말이 다시는 누구에게도 사랑받을 수 없다는 말로 해석되어 저주처럼 머릿속을 맴돌 때가 있다. 물론 자기성찰과 수용도 필요하지만, 지나간 사랑에 오랫동안 미련을 두거나 전 연인의 말에 기죽을 필요는 없다.

길을 가다 넘어지는 건 보통 나의 문제인 경우가 많다. 그렇지만 연애에서 넘어지는 건 특정 큰 사고가 아닌 이상, 둘 사이의 문제인 게 많다. 그러니 자신에게 과도한 책임을 물으며 자책하는 건 그만 두자. 당신 잘못이 아니다.

[모르는 게 아니라 자꾸 잊어버리는 것이다]

사랑받을 자격은 누구에게나 있다는 건 다들 알고 있다. 하지만 이 사실을 마음에 새긴다는 건 보통 쉬운 일이 아니다. 돌 위에 새겨진 글씨처럼 어떤 상황에도 또렷이 보이면 좋겠지만, 모래사장에 적어 놓은 것 마냥 한 번의 파도에 쉽게 사라지기도 한다. 그러므로 끊임없이 스스로 되새겨야 한다. 누군가를 만날 때는 선호하는 사람과 선호하지 않은 사람으로 나눠질 뿐, **'자격이 있다, 없다'의 문제가 아니라는 것을 말이다.** 상대는 나의 가치를 평가할 수 없으며, 이는 나 역시 마찬가지다. 사실 사랑받는다는 말과 자격은 함께 쓰일 수 없는 말이다. 옵션이 아니란 뜻이다. 자동차를 살 때 차선이탈 경보 시스템, 통풍 시트 등의 기능은 넣거나 뺄 수 있지만, 바퀴 4개가 들어가는 건 기본 옵션이라 변경할 수 없다. 그건 디폴트 값으로 존재하고 있기 때문이다.

이렇듯, 사랑받을 자격은

있다가도 없고, 없다가도 있는 게 아니라

처음부터 갖고 있던 기본값이라는 걸 잊지 말자.

즐거울 자격, 배고플 자격이란 말을 들어본 적이 있는가? '사랑받고 사랑할 자격' 역시 떨어진 자존감이 일시적으로 만들어낸 말이다. 그러니 타인의 관심으로 애써 증명할 필요가 없다. 자신의 가치를 인정하자. 그때 비로소 우린 불안으로부터 자유로워질 수 있다.

ay

<당신에게 꼭 하고 싶은 말>

당신은 이미 충분히 괜찮은 사람이고, 사랑을 주고받는 건 자연스럽게 일어나는 일이다.

'내가 사랑받을 자격이 있는 사람'인지 확인받으려 하지 말고, '상대가 나의 가치를 알아볼 수 있는 사람'인지를 확인해야 한다.

끌리는 사람이 되는 방법

[이유 없이 끌리는 사람]

연애를 시작하면서 입이 귀에 걸린 친구가 있었다. 그동안 마음고생도 심했던 걸 너무나 잘 알아서 그런 친구가 너무 귀여웠고, "그 사람 어디가 좋아?"라고 물어봤다. 나의 물음에 친구는 곰곰이 생각하더니 엄청난 이유를 찾은 듯 날 쳐다보았다. 그리고 이렇게 말했다.

"나도 잘 모르겠어. 그냥 좋아. 같이 있으면 그냥 좋아."

가만히 생각해보면 맞는 말 같기도 했다. 꼭 이성이 아니더라도 친구든 언니든 동생이든 함께 하면 피곤한 타입이 있고, 오히려 계속 같이 있고 싶은 사람이 있다. 이유를 콕 집어 말할 순 없지만, 같이 있는 시간이 즐거운 사람. 이런 사람이 가장 매력인 사람이지 않을까 싶다. 친구도 아마 그걸 말하고 싶었던 게 아닐까?

[상대가 진짜 듣고 싶은 대답]

드라마 '응답하라 1994'에서 나정이라는 여자주인공이 남자인 친구들에게 이런 퀴즈를 냈다.

나정 : 자기야. 오늘 (새집으로) 이사했는데… 문을 닫으면 페인트 냄새가 심해서 머리가 깨질 것 같고, 문을 열면 매연 때문에 죽을 것 같은데 어떡하지? 문을 열까? 닫을까?

삼천포 : 그래도 차라리 매연이 낫지 않나?

나정 : 아니다. 정답은… 괜찮아? 병원 가야 하는 거 아니야?

해태 : 문을 열 것인가 닫을 것인가 물어봐 놓고는 염병할 소리를 하고 앉았데?

나정 : 문이 중요한 게 아니라니까. **'내가 지금 힘들다.' 이게 포인트라고!**

나는 대화를 자동차 사고 보듯이 했던 것 같다. 그래서 과실비율이 굉장히 중요했다. 누가 정확히 어느 지점에서 끼어들었고, 속도나 신호, 안전거리는 잘 지켰는지 등 상황이 제일 중요했다. (실제 자동차 사고면 무슨 차량 사고 났냐는 말을 가장 먼저 하는 나, 반성합니다) 좋지 않은 상황일수록 상대가 힘들 테니 해결책이나 해야 할 일을 먼저 이야기했다. 빨리 해결되길 바라면서 말이다.

그런데 지금 생각해보면 굉장히 어리석은 행동이었다. 내가 해결할 수 있다고 생각한 점, 상대는 그걸 몰라서 못 했다고 생각한 점. 전부 오류투성이였다.

상대를 위한 대화는 오히려 반대로 할 때 잘 되었다. 회사에서 일어난 일에 김 부장과의 과실비율이 7:3이냐 1:9를 따지기보다는 '너 괜찮아?' 이게 더 상대가 듣고 싶어 했던 대답이었다. "김 부장 내 눈에 띄면 딱지처럼 접어서 저 멀리 던져버린다."라는 말도 안 되는 말을 더 좋아했다. 나 역시 일상생활 속에서 꾸깃꾸깃 접혀 쓸모없는 사람이라 느껴질 때, 나를 위한 진심 어린 대답을 들으면 기분이 달라졌다. 단 한 사람의 마음만으로도 그 하루는 어느 때 보다 단단해짐을 분명히 느낄 수 있었다.

서로에게 건네는 다정한 말은 이성으로서, 사람으로서 호감을 느끼게 하기에 충분하다. 끌리는 사람은 내가 하고 싶은 말보다 상대가 듣고 싶은 말을 할 줄 아는 사람이다.

ay

<당신에게 꼭 하고 싶은 말>

대화는 추리 게임이 아니다. 우린 소설 속 셜록 홈즈가 아니지 않은가. 일상적인 대화에서 찾아야 하는 건 상대를 생각하는 마음이지 사건의 진실이 아니다.

좋은 이유를 딱 하나 꼬집기 어려운 사람. 함께하는 시간 전부가 좋은 사람. 이 모든 건 상대를 위한 당신의 진실한 그 마음에서 이루어진다.

상처를 주지 않는 건강한 대화법

[우리는 생각보다 많이 다르다]

MBTI로 보는 성격 분석은 정확도에 대해 말이 많다. 그렇지만 성격의 큰 틀을 쉽게 알 수 있다는 점에서는 꽤 흥미롭고 재미있는 것 같다. 그중 질문 1~2개로 간단히 알아보는 테스트도 있었는데, 가장 눈길이 갔던 질문이 있다.

Q. 슬픔을 나누면?

F(감정형) : 슬픔은 반이 된다.

T(사고형) : 슬픈 사람이 2명이 된다.

내 성격의 경우 슬픈 사람이 2명이 된다고 생각하는 편이다. 그래서 힘든 부분이 있을 때 대부분은 혼자 해결하는 편이다. **원인을 해결해야** 슬픔이 줄어든다고 생각하기 때문에 혼자 해결하고 나서 말하는 경우가 많다. 그래서 상대가 힘들 때도 **힘들어하는 원인을 찾아서 없애주는 데에 초점**을 많이 둔다. 반대로 슬픔을 나누면 반이 된다고 생각하는 주변 사람을 보면 **감정적인 공감으로 슬픔이 줄어든다고 생각**한다. 상대가 슬플 때도 **힘들었을 상대의 감정에 초점**을 두는 것이다. 이렇게 다른 두 타입의 사람이 만나면 충돌이 생긴다. 상대를 배려해서 한 행동인데 서운함을 느끼는 것이다.

감정형(F) : 나 몸이 좀 안 좋은 것 같아.
사고형(T) : 어디가 아픈데? 병원에 데려다줄까?
감정형(F) : 아니야 괜찮아. 집에 약 있어. **그냥 옆에 있어 줘.**
사고형(T) : 내가 있으면 푹 못 쉬지. 죽 시켜놨으니까 오면 약 먹고 쉬고 있어. **필요한 거 있으면 바로 연락하고.**

같이 있어 주지 않아 서운하다는 사람과 혼자만의 시간이 진짜 쉬는 것으로 생각하는 사람의 대화이다. 이렇듯, 본인의 의도와는 다르게 의미가 전달될 때가 있다. 상처를 주는 게 꼭 상대에게 나쁜 마음을 품었을 때만 있는 게 아니라는 것이다. 어쩌면 서로의 다름을 이해하지 못하는 상황에서 상처는 더 쉽게 생길 수 있다.

[내 생각이 무조건 정답은 아니다]

'제목이 왜 이렇게 길지?' 하고 보게 된 드라마가 있다. '검색어를 입력하세요 WWW' 인터넷 포털사이트 회사를 배경으로 연애, 직장 생활 등을 보여주는 드라마였다. 단순히 제목에서 생긴 호기심으로 보게 된 드라마인데, 밤 11시가 다 돼서야 정신을 차릴만큼 몰입감 있었다. 특히 여자주인공 타미와 회사대표 브라이언이 나눈 대화에서는 생각이 너무 많아져 일시 정지를 하고 한참을 멍하니 있었다.

타미 : 서른여덟 살 정도 먹으면 완벽한 어른이 될 줄 알았어요. 모든 일에 정답을 알고 옳은 결정만 하는 그런 어른이요. 그런데 서른여덟 살이 되고 뭘 깨달았는지 아세요? 결정이 옳았다 해도 결과가 옳지 않을 수 있다는 것, 그런 것만 깨닫고 있어요.

브라이언 : 마흔여덟 정도 되면 어떻게 되는 줄 알아요? 나한테 옳다고 해서 다른 사람한테도 옳은 걸까. 나한테 틀리다고 해서 다른 사람한테도 틀린 걸까. 내가 옳은 방향

으로 살고 있다고 자부한다 해도 한가지는 기억하자.

나도 누군가에게 개새끼일 수 있다.

경험이 쌓이면 쌓일수록 그런 생각이 들기 쉽다. 내가 올바른 선택을 할 수 있다는 확신. 그래서 자신만의 기준으로 '옳고 그름' '좋고 나쁨'의 경계선을 그어버리고 상대를 바라본다. 그리고 나를 불편하게 하는 상대의 행동을 보면 잘못된 것으로 판단하고 고치려고 한다. 그렇지만 브라이언의 말처럼 내가 경험하고 느낀 올바름이 상대에겐 아닐 수가 있다.

나와는 생각이 다른 사람을

오답을 말하는 사람으로 치부하면 안 된다.

[상처를 주지 않는 마법 같은 말]

상대의 가치관을 이해하는 건 사실 너무 어려운 일이다. 어쩌면 불가능하다고 보는 게 맞을 수도 있다. 그런데 이걸 가능하게 만드는 말 한마디가 있다.

"그래, 그럴 수도 있겠다."

이것만 해도 관계는 확 달라진다. 나와는 다른 의견이 있을 수도 있다는 걸 인정하는 것만으로도 대화 온도는 올라간다. 상대의 의견에 무조건 틀렸다고 무시할 일도 줄어들고, 내 의견이 무조건 맞는 거라고 거만하게 말할 일도 역시 줄어든다.

상대의 의견에 그럴 수도 있다고 인정하는 건
결국은 나의 의견이 잘못됐을 수도 있다는 걸
인정하는 것과 같다.

물론 자신의 주관이 뚜렷하다는 것은 분명 장점이 될 수 있다. 그러나 그 관점의 경계선이 너무 뚜렷할 경우 상대의 의견을 수용하기 어렵게 될 수 있다. 관계는 수학 문제가 아니기에 정확한 답을 낼 수가 없다. 피타고라스의 정의로 풀리는 그런 문제가 아니지 않은가. 내가 그은 완벽한 선도 사실 내 주관적인 의견이므로 올바른 기준이라 보긴 어렵다.

우리가 보통 대인관계에서 빚어내는 갈등은 각기 다른 가치관과 상황, 성격, 표현방법 등으로 인해 복합적으로 일어난다. 그래서 상처를 주지 않고 대화하려면 나의 기준이 올바르다고 내세울 것이 아니라 나와 다른 상대를 인정하는 것이 선행되어야 한다. 그래야 갈등의 크기가 줄어들고 비로소 논쟁이 아닌 진짜 대화가 시작된다.

Say
<당신에게 꼭 하고 싶은 말>

도저히 이해가 안 될 때는 왜 그렇냐고 바로 따져 묻기보다는 '그럴 수도 있겠다.'라고 상대의 말을 인정하고 들어보자. 그것만으로도 상대는 자신이 존중받고 있음을 충분히 느낄 수가 있다.

좋은 사람을 만나는
가장 현실적인 방법

[왜 내 주변에는 좋은 사람이 없는 걸까?]

연애의 참견이라는 예능프로그램에서 개그맨 김숙은 그런 말을 했었다.

김숙 : "어렸을 땐 진짜 좋아했는데... 나중에 보니까 내 눈을 찌르고 싶더라."

그 당시엔 그 사람밖에 안 보일 만큼 정말 좋아했었는데.... 나중에 생각해보면 왜 좋아했는지 이해 안 가는 경우가 꽤 있다. 혹은 사귀고 얼마 안 돼서 정신이 확 들 때가 있는데 진짜 이상한 사람 몇몇을 제외하고는 사실 나와 맞지 않는 사람일 뿐이다. 처음부터 단번에 나와 맞는지 알아보는 건 굉장히 어렵다. 친구도 단짝 친구를 찾기는 하늘의 별 따기처럼 느껴진다.

결국, **좋은 사람은 나와 잘 맞는 사람을 말한다.** 그럼 내게 좋은 사람은 어떤 사람일까?

단순히 매력적인 점만 생각하지 말고
내가 상대의 단점을 감당할 수 있는지 생각해 봐야 한다.

나의 경우 이성 친구 문제는 타협하기 어려운 성격이라 아무리 좋아도 이성 친구가 많거나 그걸 중요하게 여기는 사람과는 애초에 연애하지 않는 편이다. 감당하기 어려운 정도가 아니라 불가능하다는 걸 스스로 잘 알고 있기 때문이다.

그런데 문제는 그 단점이 나중에 눈에 띄는 경우이다. 상황에 따라 장점이 되기도 단점이 되기도 하는 경우가 그러한데 예를 들면 이런 것이 있을 수 있다.

일을 열심히 하는 모습이 멋있다 → 일하느라 자주 못 본다.
과묵하고 차분하다 → 속에 있는 말을 하지 않는다.
친화력이 좋다 → 술 모임이 너무 많다.

물론 공식처럼 무조건 'A이면 B이다.'라고 봐선 안 된다. 사람마다 성격은 다르고 그걸 받아들이는 사람에 따라 또 달라지니까. 그 사람과 만나면서 내가 느꼈던 것들을 바탕으로 생각해보는 게 맞다. 놓치고 싶지 않은 사람인지가 중요한 게 아니라 내가 이해할 수 있는 사람인지가 더 중요하다.

[결국은 나 자신]

작게는 취미 생활에서 크게는 대인관계, 연애를 통해서 나를 좀 더 알아갈 필요가 있다. 여러 관계 속에서 내가 감당할 수 있는 것과 감당하지 못하는 것의 구분 선을 지을 수 있기 때문이다. 내가 유독 예민해지고 날 선 감정선을 보이는 부분이 있다면 그런 점을 가진 사람은 피해야 한다. 이밖에도 연락하는 방식과 기간이 될 수도 있고 술자리, 감정표현방법, 함께 하는 시간 등등 여러 가지가 있을 수 있다.

결국, 좋은 사람을 만나기 위해선 안팎으로 노력해야 한다. 나를 잘 들여다보고 가꿀수록 나에게 맞는 사람이 눈에 띌 것이다. tvN 예능 '효리네 민박'을 보다가 두 사람이 나눈 대화를 몇 번이고 돌려 본 적이 있다.

아이유 : 결혼하셨잖아요. 썸에 대한 (아쉬움) 그런 건 없으세요?
이효리 : 있지. 아쉽지. 근데 그런 아쉬움까지 잡아줄 만큼 좋은 사람이 있더라.
아이유 : 모두에게나 있는 건 아니잖아요.
이효리 : 그렇지. 근데 기다리면 와. 좋은 사람 만나려고 여기저기 눈 돌리면 없고 내가 나를 좋은 사람으로 바꾸려고 노력하니까 좋은 사람이 오더라. 여행도 다니고 책도 많이 보고 경험도 쌓아서 어떤 게 좋은지를 알아야 그런 사람이 나타났을 때 딱 알아보지. 안 그러면 못 알아봐.

인연을 만나려는 그 노력의 끝은 결국 자신을 향한다. 그리고 그렇게 만난 인연은 존재만으로도 힘이 되고, 당신은 더 좋은 사람이 되고 싶다는 생각이 강하게 들 것이다. 그러므로 나 자신이 어떤 사람인지 알아보고, 또 더 좋은 사람으로 만들려는 노력이 필요하다. 그러니 정답을 너무 밖에서만 찾지 말자.

Say

<당신에게 꼭 하고 싶은 말>

나 자신을 좋은 사람으로 바꾸려는 노력을 꾸준히 해나간다면 당신에게 꼭 맞는 사람은 곧 나타나게 된다. 좋은 사람은 반짝반짝 빛이 나니까 서로 알아보는 데에도 너무 오래 걸리진 않을 것이다.

가볍게 할수록 잘 된다

[온몸에 힘이 들어가는 연애]

연애할 때 가장 중요한 것이라며 아빠가 내게 자주 하시던 말씀이 있었다.

"바로 사귀지 말고 곰곰이 보다가 결혼해도 좋겠다, 이놈이다 싶으면 그때 연애를 해."

지금은 저 말이 아빠의 귀여운 질투였다는 걸 잘 알지만, 그때의 나는 사실 아빠와 생각이 비슷했다. 나 역시 단번에 운명의 짝을 만나고 싶었고, 노력하면 될 줄 알았다. 여느 드라마나 영화 속 엔딩처럼 '첫눈에 반한 그들은 영원히 행복하게 살았답니다.'라고 말이다.

하지만 나의 영화는 스토리가 산으로 갔다. 어떤 사람은 매일 술 약속이 있었고 갑자기 연락이 안 되거나 뜬금없이 새벽에 전화하더니 술자리 사람들을 바꿔주기도 했다. 또 어떤 사람은 그냥 가끔 밥만 먹는다는 여자 후배랑 썸인지 연애인지를 하다가 걸리기도 했다. 덕분에 나의 주변 지인과 친구들에게 내 연애사는 늘 관심의 대상이었다. 드라마 시청률은 높아지는데 원하는 대로 스토리가 흘러가지 않아 슬픈 작가가 된 기분이랄까. 내 상황이 딱 그랬다.

그렇지만 헤어지긴 죽기보다 싫었기 때문에 어떻게든 맞춰보려고 했다. 이별은 실패라고 생각했고, 그 건 내 선택이 잘못됐음을 말해주는 거니까. 단번에 좋은 관계를 만들 수 있다는 착각은 욕심을 불러일으켰고, 결국 불안함과 긴장감에 온몸에 힘이 들어갔다. 긴장은 어깨에서 시작된다던데 그래서 어깨가 딱딱해진 것일지도 모르겠다.

어깨에 힘을 빼보기로 했다. 마음을 가볍게 먹어야 길을 잘못 들었을 때, 그걸 인정하고 방향을 쉽게 바꿀 수가 있으니까.

[가볍게 할수록 잘 되는 이유]

대학생 때 술자리에서 억울해했던 적이 한두 번이 아니었다. 특히 이 말을 들었을 땐 눈물 나게 서러웠다.

"안주 먹을 시간도 없어요. 마시면 배우는 게임 나라!"

다시 돌아가고 싶을 만큼 재미있었던 순간들이지만, 당시엔 마냥 서러웠다. 무슨 놈에 게임 나라에는 연습이라는 게 없었고, 대충 룰을 설명해주고 바로 실전에 들어갔다. 너무 어렵다는 내게 한 선배가 한 대답은 **"하다 보면 알게 될 거야."**였다. 다음 술 게임도 랜덤으로 정해졌으며 뭐하나 내 계획대로 흘러가지 않았다. 그 게임 나라와 내 연애는 꽤 많이 닮아있었다. 생각지도 못한 곳에서 새로운 인연이 생겼고, 생각하기도 싫은 곳에서 이별했다(베란다에서 쪼그려 앉아 통화하다 헤어지게 되었는데, 그런 날 보며 동생은 블랙핑크의 '마지막처럼'을 열창했다).

원래 계획대로 흘러갈 수 없다는 걸 그때도 알았다면, 이별은 실패가 아니라 인연을 만드는 과정이라는 걸 받아들일 수 있었다면 좀 덜 힘들지 않았을까? 연애는 랜덤게임이다. 쓴 감정을 한 잔씩 마시면서 배우는 방법밖엔 없다. 그렇지만 이 두 가지를 기억한다면 이야기는 달라진다.

어깨에 힘을 빼고 너무 잘하려 애쓰지 말 것
할수록 자연스레 나아진다는 걸 잊지 말 것

Say

<당신에게 꼭 하고 싶은 말>

어깨를 한번 만져보자. 딱딱한가? 그렇다면 조금은 긴장을 내려놓고, 힘을 빼보는 것도 좋을 수 있다. 과한 욕심은 정작 봐야 할 건 놓치고, 놓아야 할 건 받아들이지 못하게 하니까.

연애가 독이 되는 시기

[너무 외로울 땐 아무나 만나기 쉽다]

23년 새해 첫날에 회사에서 있었던 일이다. 출근 후 제일 처음 하는 일은 음악을 트는 것이다. 그날도 음악사이트에 추천 플레이리스트 중 아무거나 하나 재생했는데 제목이 '새해 소원 플레이리스트'였다. 그리고 블루투스 스피커에 아래의 노래가 차례로 흘러나와 사무실 전체를 가득 메웠다.

멜로망스 - 고백

허밍어반스테레오 - HAWAIIAN COUPLE

주니엘 - 연애하나 봐

케이윌 - 오늘부터 1일

마크툽, 구윤회 – Marry me

단조로웠던 생활에 연애는 가뭄에 단비처럼 달게 느껴진다. 그런데 그 가뭄이 너무 오래 길어질 때 문제가 발생하곤 한다. 솔로 기간이 길어지면서 '이건 뭐 기우제라도 지내야 하나.' 싶어지기 때문이다. 그렇게 연애가 너무나 간절해지게 되면 아주 적은 양의 비도 달게 느껴진다. 타인이 건넨 작은 호의도 호감으로 확신하기도 하고, 좋아하는 감정이 별로 없는 상태에서 급하게 결정을 내려 연애를 시작하는 사람도 있다. 심지어 없는 것보단 그래도 있는 게 낫다며 상대에게 다 맞춰서라도 을의 연애를 하겠다는 사람도 있다.

'외로움이 심할 때의 연애가 위험한 이유'는 '배고플 때 마트 가면 안 되는 이유'와 비슷하다. 자제력은 온데간데없고 판단력이 흐려진 상태이기 때문이다. 물론 대부분 사람이 외롭다고 느낄 때 소개팅도 받고 연애도 시작한다. 외로운 건 당연하고 자연스러운 일이다.

그렇지만 어떤 사람을 만나고 연애를 시작하는 데에 있어서 너무 급하게 결정을 내리고 있다면 한번 생각해 볼 필요가 있다. 그건 내

가 내린 결정이 아니라, 판단력까지 집어 삼켜버린 외로움이 내린 결정이 아닐까?

[결국은 헤어질 수밖에 없는 관계]

'혼자 있을 때 행복한 사람이 연애를 잘한다.'라는 말이 있다. 사실 맨 처음에는 이 말이 조금도 와닿지 않았다. 사람은 관계적인 존재이기에 혼자 있을 때는 절대 행복할 수 없다고 확신했기 때문이다.

그런데 연애를 반복하면서 알게 되었다. 행복한 사람이라는 건 입가에 미소가 가득한 걸 말하는 게 아니라 **혼자 있는 시간이 다소 지겹거나 때론 외롭더라도 자연스러운 감정임을 받아들일 줄 아는 사람이라는 걸 말이다.**

이게 잘 될수록 서로에게 과한 의존을 하지 않고 존중하는 연애가 가능하다. 그렇지만 처음엔 받아들이기가 어려웠다. 외로운 감정은 잘못된 것이고 행복한 감정은 올바른 것이라는 생각이 꽤 오랫동안 자리 잡고 있었기 때문이다. 외로움이 드리우면 극한 호우에 울리는 재난문자처럼 비상이 울렸고, 맑은 날처럼 행복함이 다가오면 그제야 정상궤도에 오른 느낌이었다. 둘 다 충분히 생길 수 있는 감정인데도 말이다.

외로울 때 연애 하지 말라는 말은 외로움이 없는 상태여야 한다는 말이 아니다. 누구나 느끼는 그 감정을 자연스럽게 받아들일 수 있어야 한다는 뜻이다. 오직 연애를 통해 마음의 쓸쓸함을 채우려고 한다면 하루에도 수십 통의 전화는 기본이고 상대의 하루 전체를 통제하고 싶어진다. 그러면 상대는 CCTV 감시처럼 느껴지는 그 관계에서 벗어나려고 발버둥 칠 것이다.

우린 갈증이 날 때 물을 마신다. 탄산음료나 커피를 마시는 건 잠깐은 청량감과 시원한 목 넘김에 갈증이 해소되는 것처럼 보이지만 결국 임시방편일 뿐이다. 오히려 더 심한 갈증이 유발된다. 연애도 이와 같다.

끊임없이 사랑을 갈망하는 사람과 그것을 채워야 하는 사람과의 연애는 끝을 향해 갈 수밖에 없다. 그리고 그 끝은 결국 헤어짐이다.

[공백은 결코 두려운 존재가 아니다]

나 자신과의 시간도 잘 보낼 수 있는 시기가 연애에 좋은 시작점인 건 알지만, 연애하지 않는 기간을 견디지 못해 조급해하는 분도 꽤 있다. 결국, 본인을 돌이켜볼 시간과 여유 없이 연애에 가속도를 붙이게 된다. 그런데 속도가 빨라지면 달라지는 게 있다.

차를 운전할 때 속도에 따른 시야각이다.
40km/h일 때 → 시야각 100°
100km/h일 때 → 시야각 40°

속도가 빨라지면 여유 있을 때 비해 절반도 보지 못한다. 연애도 마찬가지다. 미처 보지 못하는 것들이 생길 수밖에 없기에 조급한 마음은 연애에 독이 된다.

공백은 두렵거나 불필요한 존재가 아니다. 문장의 중간중간에 있는 쉼표가 오히려 가독성을 높여주는 것처럼 연애 공백도 나 자신을 더 알아볼 수 있는 시간이 되기도 하고, 나에게 맞는 사람을 알아볼 눈을 갖게 하기도 한다. 그리고 때론 그 시기가 있어서 뒤에 찾아온 사랑이 얼마나 소중한지 깨닫기도 한다.

Say

<당신에게 꼭 하고 싶은 말>

나는 결심했다. 속도가 느리고, 쉼이 있다고 해서 조바심 내지 않기로. 그리고 또 다짐했다. 빨리 가려고 욕심부리다가 정말 중요한 걸 놓치는 일이 없도록 말이다.

운명적인 사람을 만나려면?

[짚신은 짝이 없다]

사귀던 사람과 헤어지고 몇 개월 뒤였다. 이별의 아픔은 사라졌고, 뭔가 모를 허전함이 생겼지만, 나름 솔로를 즐기고 있었다. 그때 유행했던 노래인 제니의 SOLO를 열창하며 자기최면을 걸었던 것 같기도 하다. 아니, 솔직하게 말하자면 전혀 즐기지 못했고 운명적인 만남이 있기를 기대했던 것 같다. "짚신도 짝이 있데~"라는 친구의 말에 뭔가 모를 위안을 받았다가 "짚신은 짝이 없는데요? 좌우가 똑같거든요."라는 회사 동료의 말에 괜히 실망하기도 했다. 하긴 가만히 있다고 운명이 짜잔-! 하고 나타나진 않는다. 굳게 닫힌 문에 연신 노크를 하면서 '나야 나~ 운명'하는 일은 없다.

백마 탄 왕자가 말 타고 올 거라는 건 착각이다.
그 왕자는 지금 셀프 세차장에서 광택제 바르느라 바쁘고
잠자는 숲속에 공주는 잠잘 시간을 쪼개어
필라테스 리포머 기구로 코어 운동하는 데에 전념하느라 바쁘다.

그렇지만 여전히 운명적인 만남을 기다리는 사람들은 많다. 진짜 운명을 아직 못 만났을 뿐이라며 현재의 솔로가 괜찮다는 것이다. 나도 이별의 아픔으로 힘들 땐 희망적인 말로써 '운명'은 꽤 달콤한 단어였다. 그렇지만 연애는 서로 호감을 느끼고 부단한 노력이 필요한 것이었고, 그 노력 끝에 이룬 사랑이 비로소 '운명'이라고 불리는 것이었다. '운명적인 사랑은'은 사실 굉장히 능동적인 말이라 생각한다.

[우연을 가장한 필연]
운명이라 하면 이 단어를 빼놓고 말할 수가 없다.

세렌디피티(serendipity) : 뜻밖의 행운, 예상치 못한 성공

20년 전 영화지만 아직도 회자가 되는 영화의 제목이기도 하다. 첫눈에 반한 남녀가 서로의 연락처와 만남을 운명에 맡겨버린 이야

기다. 남자의 연락처는 한 소설책에 적혔고, 그대로 헌책방에 팔아버렸다. 여자의 연락처는 지폐에 적혔고, 그 돈으로 사탕 사 먹는 데에 써 버렸다. 그리고 7년 후 둘은 거짓말처럼 다시 만나게 되었다. 하얀 눈이 내리는 뉴욕의 스케이트장에서.

우연히 찾아온 운명적인 만남 같지만, 영화를 보고 있으면 손발이 보이지 않을 정도로 남녀주인공은 정말 바쁘게 움직였다. 신용카드 영수증에서 실마리를 얻어 그 가게에 찾아가 고객 정보를 알아내려고 하고, 만나기 위해 그 주변을 다 찾아보는 등 그렇게 능동적일 수가 없었다. 그래서 세렌디피티는 사실 노력 끝에 찾아온 행운이라고 많이 쓰인다. 우연한 행운이 사실은 최선의 노력 끝에 찾아온다는 것이다. 운명적인 만남 역시 같다.

'짚신은 짝이 없다.' 그렇지만 내가 짝을 맞춰서 신으면 그게 짝이 되는 것이다. 그리고 짚신은 왼쪽과 오른쪽을 구분해서 만들지는 않지만, 오래 신다 보면 신는 사람의 발 모양에 맞춰서 변형되도록 만들어졌다고 한다. 생각지도 못한 우연이 겹쳐서 찾아오는 게 운명이 아니라, 서로를 위한 수많은 노력의 끝에 맺어진 관계 혹은 오래 유지하고 있는 관계가 바로 운명이 아닐까?

말하지 않아도
알 수 있는 건 없다

[상대의 마음을 알 수 있는 가장 효과적인 방법]

우린 몸이 아프면 병원에 가서 의사에게 물어보고, 휴대폰이 고장 나면 지정 대리점에 간다. 그건 당연시하면서 이상하게도 대인관계만큼은 정반대로 하는 경우가 많다. 연인에게 궁금한 건 친구들에게 물어보고, 친구에게 궁금한 건 연인이나 다른 지인들에게 물어본다. 나 역시 그런 적이 많았는데 그것 때문에 굉장히 부끄러웠던 적이 있었다. 당시 만나던 남자친구가 나에게 이렇게 말했다.

"오늘 너무 피곤해서 일찍 누웠어. 내일 전화할게."

그날은 이상하게도 연락이 잘 안 됐고, 자기 전에 늘 했던 전화도 무뚝뚝하게 저 말만 하고 끊어버렸다. 무슨 숨겨진 뜻이 있는지 친구들과 한참을 이야기했고, 머리가 더 복잡해졌다. '내가 이제 별로인가? 다른 사람이 생겼나? 아니면 무슨 말 못 할 일이 있었던 건가?' 수백 수천 개의 물음표를 머리 위에 띄웠다가 그 물음표에 깔린 채로 잠이 들었다.

그리고 다음 날, 나와는 다르게 아주 잘 자고 일어난 남자친구는 아침 일찍 내게 전화를 걸어 이렇게 말했다.

"와~ 이제 좀 살겠다. 어제 뭘 잘못 먹었나 봐. 계속 설사해서 죽을 뻔했어. 배고프다. 밥 먹으러 가자~"

어젯밤 친구와 100분 토론을 한 것과 유치찬란하게 쓴 소설 한 편이 부끄러워지는 순간이었다. 상황은 이러했다. 3일 전에 샀던 파닭을 혼자 먹기엔 좀 많아서 실온에 두고 나눠서 먹고 있었는데 그게 마지막 날에 상했는지 탈이 났던 모양이다. 휴대전화 너머로 똥을 한 바가지를 눴고, 살도 빠진 것 같다고 신나게 말하는 걸 듣고 있자니 지금까지 했던 연애방식이 잘못되었음을 느꼈다. 그래서 전

날 내가 했던 일을 말했더니 한참을 웃던 그가 이렇게 말했다.

"그걸 왜 친구한테 물어봐 나한테 물어보면 되지. 정답은 나한테 있는데 왜 다른 데 가서 찾는 거야."

그렇다. 상대의 마음을 알고자 했던 나의 방법은, 번지수를 잘못 찾아도 한참 잘못 찾은 격이다. 궁금한 건 당사자에게 묻는 것이 가장 바람직하다. 여러 사람에게 고민을 털어놓을 순 있지만, 각자의 조언에는 그 사람의 걱정이 담겨있기 마련이다. 결국은 더 큰 오해를 불러일으키기 쉬워진다.

물론 직접 묻는 게 때론 망설여지고 자존심이 상한다고 느껴질 때도 있을 것이다. 그렇지만 괜한 추측은 소중한 관계를 잃게 만든다. 번지수만 잘 찾아도 감정의 끈들이 크게 꼬일 새 없이 풀려나가게 되고, 큰 오해 없이 상대의 마음을 알 수 있게 된다.

[입 뒀다가 뭐할 것인가. 말은 해야 한다]

친구와 정말 사소한 일로 다툼 아닌 다툼을 했던 적이 있었다. 뭐 때문이었는지 기억이 가물가물할 정도인데 유일하게 기억하는 건 친구의 이 말이었다.

"말을 꼭 해야 알아?
우리 정도면 이제 말 안 해도 척하면 척이지."

'척하면 척'이라는 말은 점집에서만 가능한 것이다. 앉자마자 뭐 때문에 왔는지 술술 말할 수 있는 정도가 아니라면 내 마음은 말로 표현해야 정확히 전달된다. 물론 표정과 행동을 포함하여 다른 것들을 통해서도 전달할 수가 있지만, 그것 역시 상대의 기분과 말투, 가치관 등에 따라 다르게 해석될 수 있다.

'내 마음을 알아주겠지.'라는 **기대감보단 솔직함**이 더 효과적일 수 있다. '이렇게 생각하겠지.'라는 **추측보단 직접 물어보는 방법**을 택하는 것이 더 좋다.

겨울에 눈이 많이 오면 그대로 두기보단 중간중간 비질을 한다. 그래야 쌓이지 않고, 얼어붙지 않으니까. 대인관계 역시 마찬가지다. '솔직함'은 우리 관계가 얼어붙지 않도록 비질 역할을 한다. 제때 치우지 않은 오해는 우리 관계가 미끄러지게 만들기 충분하다. 누구나 의도와는 다르게 소중한 인연을 잃어버린 경험 있을 것이다. 난 그게 가장 많이 후회되었고, 또 그럴까 봐 두렵다.

소중한 관계를 만드는 것 그 이상으로 중요한 것은 지켜내는 것이다. 그리고 그건 솔직하게 물어볼 수 있는 용기만 있다면 충분히 가능하다.

ay

<당신에게 꼭 하고 싶은 말>

내가 원하는 건 내가, 상대가 원하는 건 상대방이 제일 잘 안다. 대부분 사람이 좋아하는 것이라 할지라도, 확률 99%라고 하더라도 딱 한 명 그 사람이 원하지 않으면 그건 좋은 방법이라 볼 수 없다. 서로가 원하는 그 방법이 가장 좋은 방법이다. 그리고 그걸 알 수 있는 유일한 방법은 상대에게 직접 물어보는 것이다. 그리고 이 간단한 방법은 당신이 소중한 인연을 잃지 않게 도와준다.

별 생각 없이 한
'이것' 때문에 관계가 깨진다

[어디까지 말할 것인가]

A : 전에 만났던 사람이 오래된 제 이성 친구를 이해 못 해주더라
고요. 결국, 헤어졌어요.

B : 전 좀 직설적이어서 말을 예쁘게 잘 못 해요. 근데 솔직한 게
나쁜 건 아니잖아요.

C : 저는 사귀면 바로 부모님께 인사드리는 편이에요.

D : 회사 일이 너무 힘들어서 우울해요. 퇴사하려고요.

묻지도 않은 과거 연애사부터 나의 단점 혹은 어릴 때 힘들었던

것까지 줄줄 읊는 사람들이 꽤 많다. 그런데 이건 데이트이지 상담 선생님과의 면담이 아니다. 도대체 어디까지 말할 것인가? 그렇다고 장점만 말한다거나 거짓으로 꾸며내야 한다는 뜻은 아니다. 하지만 첫 만남에 바닥까지 다 보여주면 그 후에 장점은 눈에 들어오지 않을 확률이 높다. 나에 대한 선입견을 갖는 건 상대의 잘못이지만, 나 스스로 상대에게 선입견을 심어준 건 아닌지 생각해볼 필요가 있다.

썸은 말 그대로 썸이다. 내 사람인 듯해도 사실은 그냥 남인 것이다. 연애도 그렇지만 썸을 탈 때는 자기통제력을 갖고 적당한 선을 지켜야 한다.

셰익스피어의 4대 비극 중 하나인 리어왕에 이런 말이 나온다.

있다고 다 보여주지 말고, 안다고 다 말하지 말고
가졌다고 다 빌려주지 말고, 들었다고 다 믿지 마라.

솔직함은 양날의 검이다. 솔직한 게 무조건 좋은 거라면 은행이나 카드 앱을 켜서 자산이 얼마인지 볼 것인가? 전에 만난 사람은 몇 명이며 그때 찍은 커플 사진도 같이 보자고 할 건 아니지 않은가. 그러면 정말 남아나는 감정이 없을 것이다. 너무 극단적인 예를 들었지만, 그만큼 조심해야 한다고 말하고 싶었다. 썸 자체는 달콤할지 몰라도 예고 없이 언제든지 하차할 수 있는 쓰디쓴 것도 썸이다. 그래서 더욱더 조심해야 한다.

필요 이상의 이야기는 2가지를 불러들일 수 있다. 경계심과 오해. 오히려 적당한 비밀은 도움이 된다. 다 말해야 할 필요도 없고, 굳이 하지 않아도 된다.

Say

<당신에게 꼭 하고 싶은 말>

서로 알아가는 단계에선 궁금증이 중요한 역할을 한다. 그래야 또 만나고 싶고 자꾸 생각나는 법이니까. 그런데 모든 이야기를 대책 없이 풀어 헤쳐버리면 선입견만 생기고, 더 알고 싶은 것조차 없어진다. 솔직하다는 건 가식이 없다는 거지 비밀이 없다는 게 아니다. 상대를 배려하는 마음이 담겼을 때 그 솔직함은 빛을 발하게 된다.

이별할 때마다
쌓이는 것

[원래 이별은 쿨할 수가 없다]

"넌 어쩜 그렇게 쿨하게 헤어지냐? 멋있는데?" 이별하고 나면 주변 사람들에게 자주 듣는 말이다. 헤어지면 모든 물건과 기록을 바로 정리해버리고, 전 연인을 붙잡지도 않으니까 그걸 보고 하는 말 같다. 밥 먹다가도 울고 양치질하다가 쪼그려 앉아서 펑펑 울고, 생각하지 않으려고 운동시간을 2배로 늘리기도 하는 걸 다른 사람은 알 턱이 없으니 당연히 그렇게 생각할 수 있다.

쿨한 이별을 멋있다고 생각하고 부러워하는 사람이 많은데 원래 이별은 쿨할 수가 없다. 피부에 생긴 상처와 같아서 누군가는 아프다고 온종일 울기도 하고, 괜찮다며 그냥 두는 사람도 있을 뿐이다.

남들은 다 쿨하게 이별하는데 나만 상처가 더디게 낫는 것 같아서 자존감이 떨어진다면 그건 당신이 무언가 부족해서가 아니라고 꼭 말해주고 싶다. 많이 사랑한 만큼 상처가 컸을 뿐이지 당신의 잘못이 아니다. 쿨해 보이는 그 사람들 역시 어디서 끙끙 앓고 있을 거니까 부러워할 필요도 없다. 그러니 자신의 회복력을 믿고 조금 더 기다려주자. 오히려 조급하게 생각하면 마음의 상처에 흉이 질 수가 있다. **이별은 쿨할 수 없는 게 정상이고 당연한 것이다.**

[이별을 할 때마다 쌓이는 것]

분명히 이 사람이다 싶었는데 남보다 못한 사이로 헤어질 때면 힘이 쭉 빠져버린다. 처음엔 상대를 원망하다가 결국엔 내가 부족해서 그런 것 같다며 어김없이 비난의 화살을 본인에게 돌리게 된다. 공든 탑이 무너져 실패로 끝나버린 것 같은 기분이 드는 것이다.

그렇지만 만남과 헤어짐에는 성공도 실패도 없다. 이별했다고 해서 사랑했던 그 모든 시간이 의미 없어지는 것도 아니다. 나에 대해 더 알게 된 계기가 되었을 것이고, 그 사람을 이해하려 쏟아냈던 눈물과 밤새 했던 고민은 결국, 좀 더 나아진 내 모습을 만들어 준다. 그래서 타인이 내게 호감을 느낀 매력의 상당수는 이전 연애를 통해 생긴 것일 확률이 높다.

어쩌면 우리는 연애와 이별을 통해
매 순간 매력을 쌓고 있는 걸지도 모른다.

물론 원래 성격과 타고난 센스도 있겠지만 과거 자신이 받았던 감동적인 행동이 있다면 본인도 상대에게 하게 될 것이고, 상처를 줬던 행동은 좀 더 조심하게 된다. 예를 들면 이런 것들이 있을 수 있다.

야근할 때 배달 앱으로 간식 보내주기
잘못한 게 있을 때 바로 사과하기
화나는 일이 생겼더라도 일단 상대의견부터 들어보기

어떤 말과 상황들이 서로에게 상처가 되고 오해를 일으키는지 과거 연애에서 수많은 시행착오를 겪으며 배우게 된다. 그리고 그건 당신의 새로운 연인을 이해하는 데에도 도움이 될 것이다.

당장은 가슴 아픈 헤어짐이지만 시간이 흐른 뒤에 되돌아보면 그 자리에 당신의 매력이 켜켜이 쌓여있을 것이다.

이별이 나쁜 것일까?

[상처가 지나간 곳엔 새살이 반드시 돋는다]

이별을 하고 나면 여러 감정이 생긴다. 그중 가장 불편한 감정은 단연 '분노'다. 감정에는 좋은 것도 나쁜 것도 없다지만 사실 '분노'라는 감정은 아무짝에 쓸모없어 보일 때가 많다. 유명 책 제목이기도 한 '기분이 태도가 되지 않게'처럼 어떻게 해야 할지에 정답은 이미 나와 있다. 이 사실을 알고 있지만, 분노는 손쓸 새도 없이 태도로 튀어나오기 일쑤다.

그런데 이 생각이 180도 달라졌던 일이 있었다. 내게는 정말 잊을 수 없는 전 연인이다. 그는 "넌 왜 7천만 원도 없냐."는 말을 시작으로 과거 부모님이 아프셨던 일을 말하면서 “언젠가는 다시 아프실 건데 병원비는 어떻게 낼 거야?”라는 말을 비수처럼 내게 쏟아냈다. 결국은 1년도 못가서 끝이 났다. 사귀는 내내 너무 힘들었기에 미련은 없었는데 그가 한 말 중에 딱 한 마디가 마음에 계속 걸렸다.

“넌 어차피 하고 싶다는 말만 하지. 결국엔 못 하잖아.”

그 말에 강한 분노가 일어났고, 걷잡을 수 없이 커지는 감정에 원인을 찾으려고 분주히 노력했다. 그렇지 않으면 정말 감당하지 못할 것만 같았기 때문이다. 내면의 원인을 찾아보다 발견한 건 답답한 내 모습이었다. 퇴근 후에 시간을 활용해서 나를 위한 일을 하고 싶었는데 정작 뭔가를 하지는 못했다. 그게 나의 진짜 아픈 점이었는데 그가 정확히 그것을 찔러버린 것이었다.

‘까짓것 못할 건 또 뭐냐’라고 발끈했고, 그렇게 오랫동안 못했던 일이 다소 어이없게 시작되었다. 그건 유튜브였다. 그 뒤로 차근차근 성장해 유튜브 운영 방법에 대한 강의를 교육원에서 시작했고, 이렇게 책도 쓰게 되었다. 과거 연인의 의도가 어찌 됐든 간에 그의 말은 나에게 큰 동기부여가 되었다. 물론, 막말을 쏟아냈던 그를 옹호하려는 생각은 전혀 없다. 분노는 좋은 감정이니 계속 가지고 표출하자는 것도 아니다. 분명한 건 분노는 굉장한 힘이 있다는 사실이다. 누군가는 이별을 계기로 새로운 헤어스타일에 도전하기도 하고, 운동을 시작하기도 한다. 또 취미를 갖기도 하며 평소 뒤로 미루던 일을 폭풍같이 실천하기도 한다.

이별하고 나면 상대가 했던 말이나 행동, '헤어진 걸 후회하게 만들고 싶다.'라는 생각 등등 셀 수 없이 많은 화가 일어난다. 거기에 대해 유연한 태도를 지니는 긍정적인 사고는 이별의 굴레에서 우릴 쉽게 빠져나오게 한다. 만약 그게 어렵다면 그 작은 불씨를 역이용하는 것도 좋은 방법이 될 수 있다. 강한 감정은 행동 에너지로 변경되었을 때 몰라보게 달라진다. 그 힘을 상처 준 사람을 미워하는 데 쓸 수도 있고, 자신을 발전시키는 데에 쓸 수도 있다. 그러므로 이별은 실패한 게 아니라 새로운 선택지 앞에 놓이는 것이다. 이제 당신은, 당신을 위한 선택을 해야만 한다.

[어쩌면 헤어진 게 신의 한 수일지도 모른다]

친구 : 너 걔랑 헤어지고 나서 엄청 울었잖아. 전생에 나라를 팔

아먹어서 이렇게 힘드냐면서....

나 : 맞아, 근데 알고 보니까 나랑 사귀면서 다른 애랑 썸타고 있었지.

친구 : 그것도 모르고 계속 사귀었으면.... 진짜 끔찍하다. 전생에 나라를 팔아먹은 게 아니라, 구했던 거였네.

'헤어졌을 땐 가슴 아픈 이야기'가 '지나고 보면 다행인 이야기'가 될 때가 많다. 지금 당장은 내가 원하는 대로 되는 게 좋을 것 같지만 지나고 보면 그때 안된 게 신의 한 수라고 느껴질 수 있다. 어쩔 땐 조상이 도왔구나 싶기도 하다.

내가 전생에 나라를 팔았는지 구했는지는 지금 당장 판단하지 않았으면 좋겠다. 후에 판단해도 늦지 않다.

Say

<당신에게 꼭 하고 싶은 말>

혹시 이별했는가? 아니면 이별이 거의 코앞에 있는가? 분명 상처는 생길 것이고, 그에 따른 고통 역시 클 것이다. 그렇지만 그곳엔 반드시 새살이 돋는다.

당신은 이제 선택할 수 있다. 슬픔과 분노라는 강한 에너지를 그대로 둘 것인지 강한 행동력으로 바꿀 것인지. 그리고 그건 당신의 일생에서 가장 크게 도약할 수 있는 첫걸음이 될지도 모른다. 나는 당신이 분명 좋은 선택을 할 거라 믿어 의심치 않는다.

그 사람은
절대로 바뀌지 않는다

[이거 하나만 빼면 괜찮은 사람]

"술 문제 하나로만 싸우고 다른 건 정말 괜찮은 사람이에요. 어떻게 하면 이걸 해결할 수 있을까요?"와 같은 고민을 많이 듣는다. 그 외에도 이성 친구, 모임이 너무 많은 것, 여행만 가면 싸우는 것 등등 여러 경우가 있다. 그런데 질문자가 놓친 부분이 있다.

과연 고쳐야 할 게 '행동 한가지'일까? 아니면 '가치관 전체'일까?

좋아하는 마음이 크다 보니 그 문제가 작아 보이고, '하나'라고 표현을 하고 보면 쉽게 고칠 수 있을 것만 같다. 그렇지만 정확히 뭔가를 뺄 수 있는 건 커피를 주문할 때나 가능하다. '아이스 돌체라떼 우유 빼고 두유로 주세요.' 반면 인간은 아무리 작은 행동이라고 하더라도 가치관을 바탕으로 움직이기 때문에 그것만 쏙 빼는 건 불가능하다.

A : 자기 친구라고 했던 그 사람, 자꾸 신경 쓰여. 그냥 가끔 밥이나 먹는 건 몰라도 단둘이 술 마시거나 새벽까지 노는 건 아닌 것 같아.

B : 얘네 집이랑 우리 집, 부모님끼리도 친해. 얘는 나한테 이성이 아니라 그냥 가족이야.

결국, 친구와 단둘이 새벽까지 술을 마신 상대의 행동을 원인과 결과로 나누어 보면 아래와 같다.

원인 : 놀고 싶은 그의 마음 > 갔을 때 상처받을 나의 마음
결과 : 친구를 만나러 감

설사 몇 번 가지 않았다고 해서 결괏값이 계속 바뀔 수 있는 것도 아니다. 놀고 싶은 그의 마음은 그대로 있으므로 언제든 그 값이 커지면 또 친구를 만나러 가게 된다. 그러므로 이 사실을 반드시 명심해야 한다. 어쩔 수 없는 행동은 없다. 단지 내가 원하는 걸 하기 싫을 뿐이다.

[변할 수 있는 건 나밖에 없다]

실수로 뜨거운 물에 손을 넣었다. 그러면 어떻게 해야 할까?

1. 물이 식을 때까지 기다린다.
2. 물에게 왜 뜨겁냐고 물어본다.
3. 뜨겁지 않다고 생각한다.
4. 손을 바로 뺀다.

사실 상대가 바뀌지 않는다는 건 본인이 가장 잘 알고 있다. 그런데도 좋아하기 때문에 놓지 못하는 게 더 맞는 표현일지도 모른다. 상대의 장점은 평생 간다. 그러나 상대의 단점 역시 평생 간다는 것을 잊지 말아야 한다. 이 사람이 내 곁에서 주는 기쁨과 없을 때의 슬픔 중 어느 것이 더 큰지를 비교하는 건 어리석은 일이다. 마음을 먹을 수 있는 건 나밖에 없다. 가까워질수록 감당하기 어려운 사람이라면 그 손은 놓는 게 가장 현명하다.

Say
<당신에게 꼭 하고 싶은 말>

사람마다 인생을 살아가는데 지표가 있고, 그것은 행동과 태도에 대해 지침이 된다. 그러므로 지금 하나밖에 보이지 않는 그 단점은 사실 여러 개의 상황에 부딪히면 수십 개의 단점으로 표현된다. 막연히 '좋아지겠지.'라는 희망을 품기보다 내게 얼마나 고통스럽고 또한 감당할 수 있는지를 꼭 생각해보자. 바꾸려고 하면 할수록 고통 받는 건 당신이다.

가스라이팅에서
완벽히 승리하는 법

[널 위해서 하는 말이야는 무슨]

A : 왜 이렇게 늦었어? 전화도 안 받고, 나 30분 넘게 기다렸어.

B : 근데 너도 매번 늦잖아. 내가 얼마나 서운했는 줄 알아?

A : 그땐 거래처 때문에 조금 늦는다고...

B : 너 진짜 이기적인 거 알아? 넌 되고 난 안돼?

A : 미안해. 그런 뜻으로 한 말은 아니야.

B : 내가 너 사랑하니까 하는 말인데, 너 진짜 이기적이야. 네가 날 늦게 오게 만들잖아.

듣기만 해도 목이 탁탁 막히는 말들이다. 사이다 없이 군고구마 100개는 먹어야 올법한 갑갑함이 말 한마디 한마디에 담겨있다. 상대를 위해 하는 말 같지만 결국은 사랑한다는 말로 예쁘게 포장된 쓰레기일 뿐이다. 내가 잘못한 거라고 지적하는 상대의 말 속에 나를 향한 걱정이 담긴 것 같이 보일 수 있다. 그렇지만 사실, 자신의 편안함을 위해 상대를 끼워 맞추는 행동이다.

날 걱정하는 게 아니다. 본인이 좀 더 편해지고 싶을 뿐이다.

상대의 입맛에 맞추는 건 쉽고 어려운 문제가 아니라 아예 불가능한 일이다. 간을 맞추는 그 기준이 상대의 마음이기에 수시로 변할 것이고 정확히 알 수도 없다. 운 좋게 맞췄다고 하더라도 아니라고 하면 그만인 그 기준이 실제로 존재하기는 할까? 가능한 일이라고 생각하는가? 어쩌면 보물섬을 찾는 게 더 쉬울지도 모른다. 예쁘게 포장된 그 쓰레기 같은 말은 쓰레기통에 예쁘게 버리면 된다. 아무리 예뻐도 쓰레기는 쓰레기다.

[가스라이팅인지 아닌지 아는 방법]

여러 가지 구분법이 있지만 그중 가장 간단한 건 이것이다. 꼭 가스라이팅이 아니더라도 연애, 친구 기타 대인관계가 올바르게 형성되어있는지도 알 수 있는 질문이다. 그러니 스스로 이 질문을 꼭 던져보자.

"그 사람과 함께 있을 때의 내 모습 어때 보여?"

나를 사랑하는 사람들이 우리 관계를 본다면 뭐라고 할 것 같은가? 축복해줄지 아니면 마음 아파할지 한번 생각해보자.

스페인 작가 발타자르 그라시안은 이런 말을 했다. '자신을 초라하게 만드는 사람과는 어울리지 마라.' 물론 좋아하는 사람이 잘못된 길로 가고 있을 때 조언을 해줄 순 있다. 그렇지만 당신의 가치를 깎아내리고, 초라하게 만들면서까지 조언하진 않는다. 그건 조언이 아니라 조롱이며, 당신을 모욕하는 것이다.

당신을 정말로 사랑하는 사람은
잘못하고 있는 점을 지적하는 것 보다
잘하고 있는 점을 지지해준다.

[마지막이 아니라 이제 시작이다]

내가 못나고 이상해서 이런 상황에 놓인 게 아니다. 작정하고 괴롭히는 사람을 만나면 누구든 그럴 수밖에 없다. 상대가 만들어 놓은 쥐구멍 속에 빠지면 시야 역시 좁아진다. 주변에 아무것도 없고, 보이는 건 구멍 사이로 보이는 그 사람뿐이니까. 그러니 너무 자책할 필요는 없다. 빨리 알아차리는 것보다 더 중요한 건 그 관계를 끝낼 용기다. 혼자서 감정을 추스르거나 판단하는 게 힘들다면 주변 사람이나 전문가의 도움을 받는 것도 좋다.

당신은 그 누구보다 눈부시게 사랑받고 또 사랑할 수 있는 사람이다. 그러니 자신을 믿고, 날 초라하게 만드는 사람은 단호히 잘라내라. 눈부시게 빛날 당신을 위해서 말이다.

연애에서 재회는 가능한 것일까?

[재회는 생각보다 많이 일어난다]

대학생일 때 주변 사람 모두가 뜯어말렸지만, 나는 다르다고 생각해 재회를 한 적이 있다. 지금 생각해보면 재회에서 가장 중요한 2가지가 정확히 충족되었었다. 첫 번째로 헤어질 당시 내가 몰랐던 상대의 상황이나 감정들을 알게 되면서 쌓인 오해가 풀렸다. 그리고 두 번째로 내가 힘들었던 점을 상대가 정확히 인지하고 있었고, 고치겠다는 약속을 해서 결국은 마음이 풀려버렸다.

나 역시 같이 노력하겠다고 약속했지만 몇 개월 가지 않아 처음과 똑같은 이유로 이별했다. 재회는 생각보다 쉽고, 많이 일어난다. 같은 추억이 있다는 것만으로도 마음은 쉽게 흔들리기 마련이니까. 그렇지만 단순한 오해로 헤어진 게 아니라면, 진리에 가까운 이 말의 한계를 반드시 넘어야 한다.

'사람은 쉽게 변하지 않는다'

'나만 상대에게 무조건 맞추면 된다.'라고 쉽게 생각할 일이 아니다. 서로를 힘들게 했던 것을 같이 고쳐나감과 동시에, 있는 그대로를 받아 줄 수도 있어야 한다. 즉, 쉽게 변하기 힘든 두 사람이 모두 바뀌어야 한다.

재회는 서로의 단점을 정확하게 알고
그로 인해 상처받은 너와 내가
모두 달라져야 지속 가능한 관계로 발전할 수 있다.

[후회 없이 해보는 게 좋을 때도 있다]

재회하고 잘 만나는 경우도 많다. 그렇지만 대부분은 더 큰 상처를 안고 헤어지기에 응원하고 싶은 마음보단 말리고 싶은 마음이 크다. 이별에 단호한 편인 나조차도 일상생활로 돌아오는 데에 시간이 꽤 걸렸기에, 소중한 한 사람을 두 번이나 잃는 상실감이 당신에게 얼마나 클지 가늠조차 하기 힘들다.

사실 친구나 다른 사람의 이야기라면 당신은 그 누구보다 빠르게 해결책을 냈을 것이다. 그렇지만 그 일의 당사자가 되면 누구나 시야가 뿌옇게 흐려지기 마련이다. 그래서 이미 재회를 결정했다면, 머리로 억지로 타이르기보다 후회 없이 다시 만나보는 것도 좋은 방법이 될 수 있다.

똥인지 된장인지 구분이 안 돼서 힘들 때는
빨리 찍어 먹어 보는 게 도움이 될 수도 있다.
나는 그랬다. 온몸에 똥독이 올라서 힘들었지만
다음엔 단번에 구분할 수 있었다.
세상에 헛된 인연과 경험은 없다.

다소 과한 비유일 수도 있겠지만 이것만큼은 더 솔직하게 표현하고 싶었다. 마음이 균형을 잃었을 때 바로 잡을 수 있다면 더할 나위 없이 좋겠지만 너무 힘들다면 마음이 가는 대로 해도 좋다. 보통 재회하면 다른 커플이랑은 다르게 잘 만날 것 같은 기대감이 드는데 시간이 흐르고 보면 다른 커플과 크게 다르지 않다는 걸 알게 된다. 마음은 상처투성이가 되겠지만 그래도 미련 없이 끝낼 수 있게 된다.

[그 사람이 아니더라도 행복해질 수 있다]

'네가 없으면 난 절대 행복할 수 없어.'
'너만큼 잘 맞는 사람은 다시는 못 만나.'

'절대, 다시는'이란 건 이 세상에 존재하지 않는다. 영원할 것 같은 것에도 끝은 있듯, 그 사람이 아니더라도 당신은 충분히 행복해질 수 있다. 단지 말하는 사람의 확고한 마음을 강하게 표현해주는 방식일 뿐이다.

아마 과거에 했던 행동을 후회하고 헤어진 연인을 그리워하며 한 말일 테다. 새로운 인연을 만날 수 있을지, 알 수 없는 불확실성에 사로잡혔다면 그랬을 수도 있다. 현재 어떤 생각을 하고 있던 당신은 그저 올바른 관계를 맺고 싶은 것이다. 그런데 지나간 관계를 붙잡으려는 것은 사실상 그와 동시에 새로운 관계를 놓치고 있는 것과 같다는 것을 알아야 한다.

이제는 서로가 행복해지는 길을 걸어가야 한다. 합의든, 한쪽이 일방적으로 손을 놓은 것이든 서로 맞지 않아 이미 깨져버린 사이다. 나를 끝없이 희생해야 겨우 이어질 관계라면 그건 올바른 사랑이 아니다. 내 앞에 주어진 재회는 이겨내야 할 역경이 아니라 피해야 할 선택이다.

Say

<당신에게 꼭 하고 싶은 말>

연애는 서로 맞춰나가는 것이다. 그런데 아무리 노력해도 간극이 좁혀지지 않아 힘들었던 사람이라면 재회는 오히려 서로를 더 다치게 할 수 있다. 맞지 않는 퍼즐에 억지로 구겨 넣는 무모함이 아니라, 끝난 관계를 받아들일 마음의 여유가 필요한 시점이다. 지난 관계를 잊지 못해 너무 오래 뒤만 바라보진 않았으면 좋겠다. 당신은 더 좋은 사랑을 할 수 있다.

좋은 관계를
오래 유지하고 싶다면

연애하면서 싸우지 않을 순 없다. 서로 다른 남녀 사이에 갈등이 생기지 않는다는 건 한쪽이 무한정 참고 있거나, 싸웠어도 가볍게 지나갔거나 잘 풀어나갔기에 싸운 횟수에 카운팅이 안 됐을 뿐이다. 갈등을 무조건 나쁜 것이라고 볼 필요는 없다. 서로의 입장과 이해관계가 부딪히며 생기는 것이기 때문에 오히려 자연스러운 현상이며 이 과정에서 서로의 모난 부분을 인정하며 맞춰나가야 한다. 제일 중요한 건 오해를 풀어나가는 과정이다.

[“존경하는 재판장님” 할 때가 아니다]

대화하는 목적을 일단 정확히 파악해야 한다. 눈앞의 관계를 잃어도 좋다면, 당장 본인의 자존심과 승리를 거머쥐는 게 더 중요하다면 "존경하는 재판장님~"을 외치며 근거를 제시하면 된다. 상대와 가치관이 맞지 않고, 만날수록 날 힘들게 하는 사람이라면 그래도 된다. 아니 근거제시도 없이 가차 없이 뒤돌아가 버리면 그만이다.

그렇지만 당신이 대화를 관계를 지키고 발전시켜나가려는 것으로 됐다면 승부를 가리는 게 목적이 되어서는 안 된다. 양쪽 의견을 듣고 옳고 그름을 판단하는 건 대화가 아니라 재판이다. 시시비비를 가리고 싶은 마음이 있다면 대화를 시작할 준비가 아직 되지 않은 것이다.

[너무나 다른 대화방식]

"말을 해야 알지" vs "말해도 달라지는 건 없다"

한 명은 얼른 대화로 풀자고 서두르고, 한 명은 나중에 이야기하자고 한다. 자신이 전자든 후자든 확실한 건 상대의 행동이 도저히 머리로는 이해가 되지 않는다는 것이다. 나 역시 연애가 왜 이리 어려운지 늘 그 답을 알 수 없었는데 정현종 시인의 '방문객'이라는 시를 보며 새로운 깨달음을 얻었다. 당신에게도 분명 도움이 될 것이다.

사람이 온다는 건
실은 어마어마한 일이다.
그의 과거와 현재와
그리고
그의 미래와 함께 오기 때문이다.
한 사람의 일생이 오기 때문이다.

부서지기 쉬운
그래서 부서지기도 했을
마음이 오는 것이다

보통 연애라 하면 그 사람 하나만 생각하게 된다. 그래서 사랑하는 마음만 있다면 뭐든 가능해 보인다. 서로를 이해하고 바뀌는 것도 어렵지 않다고 착각한다. 그렇지만 사람이 온다는 건 한 사람의 일생이 오는 것이다. 생각의 차이가 있을 수밖에 없고, 말 한마디에 쉽게 바뀔 수 없는 이유가 그 때문이다. 그래서 서로 끊임없는 대화를 통해 맞춰나가야 한다.

그런데 싸울 때마다 시시비비 가리게 되면 상대는 대화를 피하게 될 것이다. 말할 때마다 자신은 틀린 사람이 될 테니 말이다. 다름을 인정하는 것부터가 대화의 시작이다. 그리고 그건 그의 과거와 현재, 미래까지 그대로 바라봐 줄 수 있는 포용이다.

[진솔한 대화의 힘]

연애를 하면 안팎으로 별별 일이 다 있다. 그중 가장 신기한 건 그동안 몰랐던 자신의 모습이다. 가족과 친구랑 있을 때와는 완전히 다른 모습에 스스로가 놀랄 때가 있었을 것이다. 별거 아닌 거에 속상해하기도 하고, 이걸 겉으로 드러내 본 적이 없는데 뭐 때문에 화났는지 말해달라는 연인의 말에 어색하게 표현하기도 한다.

상대가 이해할 수 있게 내 감정을 바꿔 표현할 줄 아는 것, 당장 화가 났지만, 상대의 감정선이 잠잠해질 때까지 기다릴 줄 아는 마음. 이 모든 것들이 대화하는 폭을 넓혀 나가는 방법이 된다.

그냥 화났다고 "그냥 다 서운해!"하고 감정호소 하는 게 아니라 어떤 부분이 서운했고, 그때의 기분이 어땠는지, 어떻게 해주길 바랐었는지 진솔하게 이야기할 필요가 있다. 처음엔 좀 힘들고 불편하더라도 하다 보면 나에 대해 더 잘 알게 되고, 연애뿐만 아니라 다른 관계 역시 폭넓게 맺는 힘이 생긴다. 당신에게 갈등을 이겨내는 유연함과 현명함이 있기 때문이다. 지혜로운 대화법을 터득하면 이전과는 비교도 할 수 없을 만큼 더 깊은 관계를 맺을 수 있을 것이다.

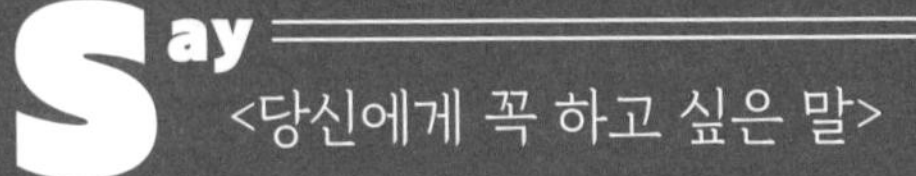

이미 상대를 다 알고 있다고 생각한다면 그건 자만일 확률이 높다. 내 기준과 잣대만으로는 결코 상대를 온전히 알 수 없다.

새로운 모습을 발견하는 것보다
잘못 알았던 모습을 제대로 보는 게 서로에게 필요하다.
내가 이해하지 못하면 상대도 나를 이해하지 못한다.

좋은 연애를 위한 마인드 8가지

1. 썸 인지 아닌지 따질 시간에 가서 말 한 번 더 걸자.

상대의 말과 행동 하나하나를 해석했다간 과부하로 쓰러진다. 썸인 것 같다는 친구의 말에 온종일 웃고 다니다가 좋아하면 헷갈리게 하지 않는다는 글을 보고 속상해하고 그러지 말자. 그 시간에 연락 한 번 더 하고, 말 한 번 더 거는 게 낫다.

혼자 밤새 상상의 나래를 펼친다고 할 일도 미룬 채 시간을 허비하는 일은 없어야 한다. 그럴 시간에 차라리 운동하는 게 몸과 정신 건강에 도움이 된다.

2. 사랑이 전부가 아니다 – 데이트 말고 친구도 좀 만나자

연애가 주는 행복감이 너무 크면 '이 사랑은 특별하고 이번엔 진짜 다른 것 같아.'라는 생각이 든다. 그렇지만 사람 일은 모르는 것이다. 그만하자는 말 한마디에 '영원한 사랑'은 사라지고 '나의 전부였던 그 사람'은 남보다 못한 사람이 된다. 결코 사랑이 전부가 될 순 없다. 데이트도 좋지만 다른 관계에도 신경을 써야 한다.

- 부모님과 마지막으로 식사한 건 언제인가?
- 최근에 친구와 한 통화에서 나의 연애 고민 상담 말고, 친구의 이야기에는 얼마나 귀 기울였는가?

3. 말보다 행동을 보자. -달콤한 말에 넘어가 상대의 행동을 미화시키지 말자.

무슨 말을 했는지보다 무슨 행동을 했는지가 더 중요하다. 물론 말은 곧 그 사람을 나타낸다. 그렇지만 그 말보다 더 확실한 건 행동이다. "널 너무 사랑하지만 널 더 사랑해줄 수 있는 사람에게 보내주는 게 맞는 것 같아."라는 말을 듣고 '사랑한다'에 꽂혀선 안 된다. 행동을 보자. 그 사람은 당신과 헤어지는 '이별'을 택했다.

좋아하면 만나는 것이고, 이별을 택했다는 건 그만큼 좋아하지 않는다는 뜻이다. **화려한 포장지에 둘러싸인 상대의 말과 행동에서 행동만 빼놓고 볼 수 있어야 한다.**

4. 자꾸 설렘만 찾지 말자.

내 곁에 있는 사랑이 익숙해지다 보면 새로운 사람이 주는 설렘에 눈길이 갈 수 있다. 물론 헤어지고 그쪽을 택할 수도 있겠지만 이건 꼭 알아야 한다. 설렘만이 사랑의 기준은 아니다. **새로운 관계의 떨림만 옳다고 생각하고 쫓으면 내 곁에 오래 머물러줄 관계 역시 없는 것이다.**

5. 버려야 하는 건 자존심이지 자존감이 아니다.

사과는 진심으로 그리고 빨리할수록 좋다. 잘못해놓고 알량한 자존심 내세우다가 소중한 관계를 잃을 수도 있으니까. 그렇지만 버려야 하는 게 자존감이 되어선 안 된다. **지켜야 할 것과 버려야 할 것을 구분하자.**

6. 틀린 게 아니라 다른 것이다. -이해가 안 되면 외우자.

사람마다 가치관이 다르므로 의견의 충돌은 있을 수밖에 없다. 헤어질 게 아니라면 서로가 다르다는 것을 받아들여야 한다. "지나가는 사람 아무나 붙잡고 물어볼까? 누가 맞는지?" 이런 말은 우리 관계에 조금도 도움이 되지 않는다. 내가 답답한 만큼 상대도 내가 답답할 것이다. 틀린 게 아니라 다른 것이다. 서로 이해가 안 된다면 외워야 한다. **헤어질 게 아니라면 그렇게 조금씩 서로 맞춰나가는 게 연애이다.**

연애뿐만 아니라 세상엔 원래 이해할 수 없는 것투성이다.
다 이해하려고 들면 두통약을 달고 살아야 할지도 모른다.

7. '이성 친구일'로 다퉜을 땐, 연인의 마음을 먼저 돌봐야 한다.

얼마나 가족처럼 친한 친구이고 그때 어떤 상황이었는지는 제발 그만 이야기하자. 지금 해야 하는 건 상처받은 연인의 마음을 돌보는 것이다. 이성 친구를 만나는 건 연인이 불편해하지 않는 선으로 바꿔야 한다. 서로 조율을 해도 맞지 않는다면 그 관계는 끝내는 것이 좋다. 서로 고문이 될 뿐이다.

8. 연애를 잘하고 싶은 마음이 들거든 일단 본인부터 돌보자.

연애뿐만 아니라 모든 관계의 중심이자 시작은 나 자신이다. 그러니 일단 나부터 돌보자. 몸과 마음이 건강한 내가 연애도 잘한다.

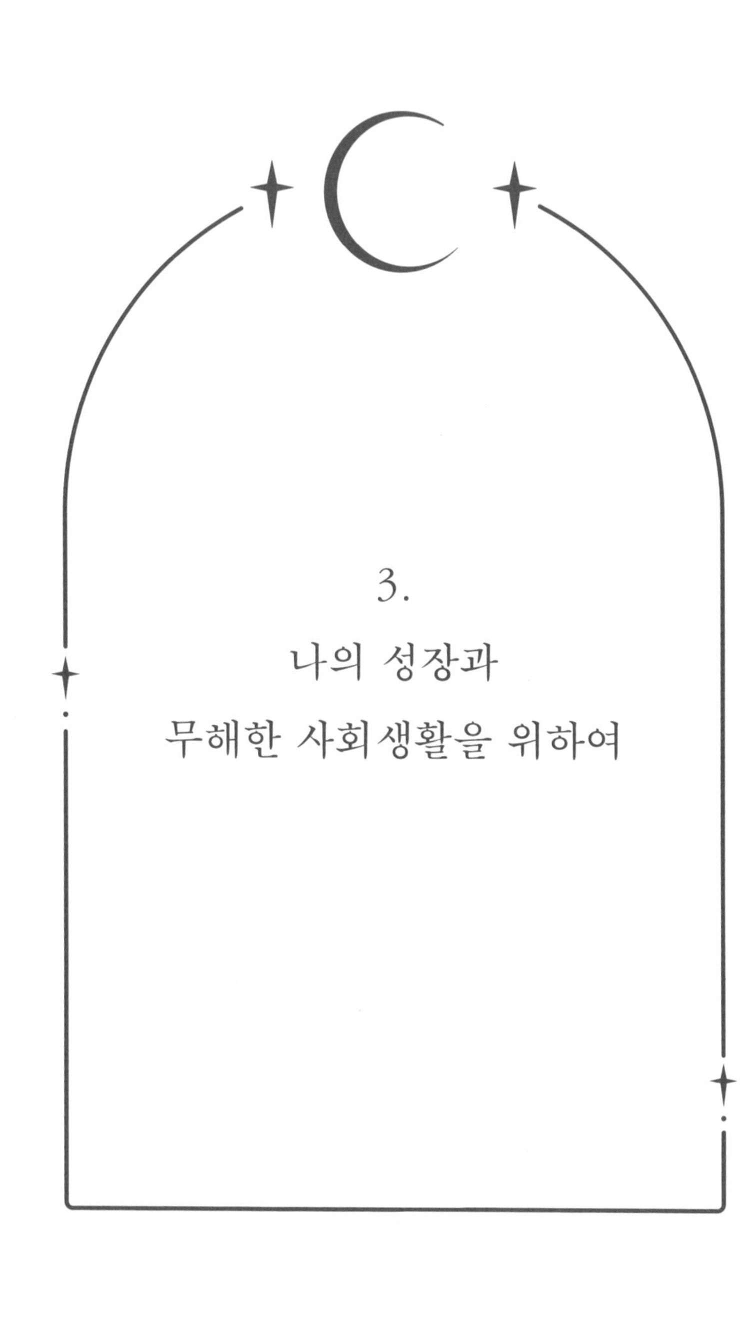

3.
나의 성장과
무해한 사회생활을 위하여

"살다 보면 누구나 길을 잃기 마련이다.
그때 어떤 선택과 결정을 하느냐에 따라
결과는 얼마든지 달라질 수 있다."

인생을 바꿔준 4가지 말

[투박한 아빠의 말이 도움이 될 줄이야]

차갑고 극 현실주의인 아빠는 감수성 제로에 공감 능력도 제로였다. 투박한 사투리로 다정함도 찾아보기 힘들었다. 어릴 땐 그저 잔소리 같아서 넘겨들었던 아빠의 말들이 지금은 인생에 가장 큰 도움이 되고 있다. 이제 더 들을 수 없는 말이 되었지만, 잊기 전에 이 책에라도 적어본다. 나에겐 아빠와의 추억을 돌이켜볼 기회가 될 것이고, 또 다른 누군가에겐 조금이나마 위로가 되거나 지금 하는 고민을 해결할 힌트가 될지도 모르니까.

1. 새로운 일에 도전할 때

아빠 : 죽을 둥 살 둥 해도 될까 말까인데 그럴 거면 때려 치아라.

나 : 밥 먹고 잠 와서 그냥 잠깐…

아빠 : 다 핑계다. 먹을 거 다 먹고 잘 거 다자고 언제 하노?

나 : 어차피 바로는 못 붙어. 시험 이번에 어렵게 나온댔어.

아빠 : 할 거가 말 거가. 그거부터 딱 정해라. 그리고 정했으면 핑계 대지 말고 그냥 해라.

내 말은 다 듣지도 않고 핑계라고 딱 잘라 말한 아빠가 미웠지만, 사실 틀린 말은 아니다. 내가 준비하는 시험이 얼마나 어려운지, 왜 내가 자고 있었는지 설명하는 건 나의 행동을 합리화하기 위한 것이었으니까. 지금의 나도 여전히 게으르고, 죽을 둥 살 둥 하지는 못한다. 그렇지만 하기로 딱 정해버린 건 핑계 대지 않고 열심히 하고 있다.

매일 아침 일찍 빙판에 오르기 전에 스트레칭을 하는 김연아 선수에게 촬영진이 무슨 생각을 하면서 스트레칭을 하는지 물어보았다. 이에 김연아 선수의 답변은 매우 심플했다.

"무슨 생각을 해요. 그냥 하는 거죠."

새로운 일을 할 때, 무언가에 도전할 때. 행동력을 높이는 방법은 간단하다. 핑계 대지 말고 그냥 하는 것.

2. 단단한 인간관계가 필요할 때

(같이 드라마를 보다가)

아빠 : 쟈는 뭘 자꾸 믿어달라카노.

나 : 저 여자가 남자 말을 안 믿어주니까 그래요.

아빠 : 그게 말로 한다고 되나.

나 : 그래도 저렇게까지 말하는데 너무한 거죠.

아빠 : 믿음이라는 거는 말로 하는기 아이다. 행동으로 보여주면 자연스럽게 믿어주는기다.

드라마인데도 목에 핏대를 세우며 말씀하시는 아빠를 잠깐 흘겨보곤, 그냥 한 귀로 듣고 한 귀로 흘려버렸다. 그런데 그날 자려고 누웠는데 문득 그런 생각이 들었다. **'난 신뢰를 주는 행동을 하고 있는 걸까?'**

내가 진심이기만 하면 신뢰는 저절로 쌓인다고 생각했다. 그리고 내 진심을 몰라주는 사람은 그저 의심이 많은 사람으로 치부해버린 적도 꽤 많았다. 순간 부끄러워지면서 흘려들은 말들을 다시 가슴에 새겼다.

믿어 달라고 말로 표현하는 게 아니라
믿을 수 있게 행동으로 보여주는 것이 믿음이다.
단단한 인간관계가 필요하다면
믿을만한 행동을 했는지부터 생각해보아야 한다.

3. 관계를 오래 유지하고 싶을 때
아빠 : 세상에 당연한 거는 없다.
나 : 왜 없어? 가족 있잖아. 가족.
아빠 : 본인 말고는 다 남이지. 가족도 결국은 남이다. 니 맘대로 할 수 있는 건, 니 밖에 없다. 아빠한테도 남이라고 생각하고 항상 배려하면서 말하고 행동해라 알았나.

학교 마치고 아빠가 늘 데리러 왔었다. 그런데 하루는 친구랑 놀다가 집에 가고 싶어서 그날 아침에 갑자기 데리러 오는 시간을 바꿔 달라고 했더니 왜 마음대로 정하느냐고 아빠가 버럭 하시며 한 이야기다. "아빠니까 당연히 데려다줘야지."라는 철없는 내 말에 아빠는

"아무리 가까운 관계라도 서로 배려하면서 말해야지."라고 다정하게 말할 리 없었다. 내가 알아듣지 못할까 봐 그러신 건지 아빠가 선택한 단어는 세상 차가운 단어. '남' 이었다. 그땐 너무나 상처가 되었던 말인데 지금 생각해보면 그리 틀린 말도 아니다.

우린 소중한 관계일수록 말도 행동도 너무 편하게 하다 보니 과해질 때가 있다. 그러므로 가까운 관계일수록 조심해야 한다. 별생각 없이 뱉은 말 한마디로 관계가 금이 가고, 깨질 수도 있다.

세상에 당연한 건 없다는 것만 알아도 당신의 소중한 관계를 지킬 수 있다.

4. 자신감이 떨어질 때

아빠 : 나는 대단한 사람이지.

나 : 아빠, 사람이 좀 겸손해야죠.

아빠 : 그래! 대단한 사람은 아니지. 나는 대~~~단한 사람이지. 내같이 대단한 사람이 또 어딨노?

나 : 아무도 그렇게 생각 안 하거든!

아빠 : 필요 없다. 내만 그래 생각하면 된다. 어차피 다른 놈들

생각은 수시로 바뀐다.

수시로 바뀌는 타인의 생각에 나를 맞출 수도 맞춰서도 안 된다. 자신감은 나를 믿고 신뢰하는 감정으로 누군가의 평가가 아닌 나에게서 나오는 것이다. 그런데 이 당연한 사실은 안타깝게도 매번 까먹는다. 아무래도 그 타인이라는 작자가 내 자신감을 그냥 떨어트리는 게 아니라 던져버리나 보다.

외부의 자극으로 자신감이 떨어졌다면 과거 내가 이루어낸 크고 작은 성공 경험을 떠올려보자. 취업했던 일도 좋고, 간단하게 매일 한 운동하거나 책을 읽어낸 것 역시 좋다. 성취감을 쌓게 해 준 그 경험들은 자신감을 되찾는 데 도움이 된다.

Say

<당신에게 꼭 하고 싶은 말>

팩트 폭행에 투박한 말들뿐이지만 그 속에 있는 작은 따스함이 당신에게 닿기를 바라본다. 잊지 말아야 한다. 당신은 좋은 사람이라는 걸. 별의별 일들이 사방에 가득하지만, 이 모든 걸 지나쳐 앞으로 나아가는 당신은 정말 대단한 사람이다.

무례한 사람을 대처하는 방법

[어디를 가나 꼭 있는 그 사람]

직장생활 스트레스 요인 1위는 늘 인간관계가 차지한다. 동료도 그렇지만 감정의 골이 깊어지는 건 단연 '상사와의 관계'이다. 권위를 내세우며 군림하려는 그 모습엔 이해가 가지 않는 것투성이다. 우리는 낮은 연봉과 강한 업무의 강도보다 '누군가의 말 한마디'에 더 힘들어하고 있다.

"이런 거 하나 알아서 못 해?"
"도대체 할 줄 아는 게 뭐야?"
"어떻게 입사했냐?"

무례함이 덕지덕지 붙어있는 말과 행동을 보고 있자면 별의별 생각이 다 든다. '저 사람은 왜 저러는 걸까?'라는 생각으로 시작해서 수많은 물음표가 꼬리에 꼬리를 문다. 그리고 결국 그 끝은 스스로에 대한 자책으로 끝나기 쉽다. '막 대해도 될 만큼 내가 쉬운 사람인가?' '내가 그렇게 별로인가?'라고 말이다.

모진 말은 마음에 구멍을 낸다. 한두 군데 구멍을 내기 시작해서 결국은 툭 치기만 해도 부서질 만큼 약하게 만들어 버린다. 그만큼 마음 밀도를 낮춰 버리는 것이다. 이 결과 직장인 10명 중 8명은 번아웃 증후군에 시달린다고 한다.

심리학자 에이브러햄 매슬로(Abraham Maslow)의 인간의 5대 욕구에 따르면 사람은 2가지의 욕구를 가지고 있다고 한다. 사회의 일원이 되고자 하는 '소속과 애정의 욕구', 그 속에서 타인에게 인정을 받고 성취하며 쌓아나가는 '존경 욕구'. 그런데 이것이 사회생활을 하며 뒤틀려지기 시작해 결국, 소외감과 외로움, 열등감, 무력감 등으로 이어지고 있다. 타인과 잘 지내는 방법은 후에 생각할 일이고, 가장 먼저 인지해야 하는 것은 이 말이다.

모든 말을 귀담아들을 필요는 없다.
어떤 말은 '말'보단 '소음'에 가까우니까.

물론 나의 잘못된 행동에 대한 지적일 수도 있겠지만, 밑도 끝도 없는 폭언과 과한 요구사항이라면 그의 말과 행동에 크게 의미를 둘 필요는 없다. 오히려 예의와 염치를 모르는 그들과 공동체 생활을 하는 내가 대단한 존재라는 걸 알아야 한다.

[괴물과 싸우는 건 어리석은 일이다]

독일의 철학자 니체는 이런 말을 했다.

"괴물과 싸우는 사람은 자신이 괴물이 되지 않도록 조심해야 한다."

사람이라기보다는 괴물의 모습에 가까운 이 무례한 사람들과는 거리를 두는 게 가장 좋다. 무논리로 가득 찬 그들과의 대화에서는 어떠한 근거자료도 칭찬도 통하지 않는 경우가 많다. 칭찬은 고래도 춤추게 하지만 괴물 같은 이에겐 무용지물이다. 그들은 무지 그 자체, 타인의 가치를 알아볼 생각도 없으며, 그저 다른 사람의 가치를 깎아내고 뺏은 에너지를 본인의 즐거움으로 삼을 뿐이다. 그렇기에 이들에게 가장 효과적인 공격은 거리를 두는 것이다.

1. '네 알겠습니다.' 하고 매듭짓기

대화를 경기라고 생각하는 그들은 본인이 이겨야 끝이 난다. 비효율적인 업무 방식이라고 온갖 근거를 갖고 와서 이야기한들 일단 듣지를 않는다. 그래서 '네 알겠습니다.' 하고 먼저 매듭을 지어버리는 게 좋다. 승리했다는 느낌을 줘야 다른 제안을 듣기 시작하기 때문이다.

2. 중간보고하기

의견을 제시하고 싶다면 시킨 일을 진행하다가 중간보고 때 같이 언급하면 좋다. 나의 경우 A 방법으로 진행하자는 상사의 말을 따르고 중간보고 때 상사가 말한 A 방법을 칭찬하면서 B 안을 살짝만 언급했다.

나 : A로 이렇게 진행 중인데, 한 번 더 확인 부탁드립니다. 말씀하신 대로 A로 하니까 확실히 좋은 것 같습니다. B로 할 수도 있긴 한데 확실히 A가 좋긴 하네요.

상사 : B로 진행해도 뭐 사실 큰 차이는 없어. 너하고 싶은대로 해.

그는 쿨한척 내게 원하는 대로 하라고 지시했다. 처음부터 의견을 냈을 때는 본인의 선택이 잘못됐다는 걸 인정하는 게 싫어서 노발대발했지만, 의견을 수용하고 중간보고에서 대안을 살짝 언급했을 때는 나를 배려하는 척하며 허락해주면 그만이기에 확실히 거부감 없이 받아들였다.

3. 조언을 구하기

상사 : 넌 뭐 제대로 하는 게 없냐.

나 : 죄송합니다.

상사 : 어떻게 할 거야?

나 : 죄송합니다. 어떻게 진행하면 좋을지 한번 봐주실 수 있으실까요?

물론 뾰족한 수는 나오지 않는다. 하지만 상대에게 조언을 구하는 건 자연스럽게 책임을 나누어 버리는 것과도 같다. 책임을 나눠 가진 상대는 결과에 대해 확실히 좀 더 부드러운 태도를 보이게 된다.

개그맨 박명수의 현실적 어록 중에 사회생활에 딱 맞는 말이 있다.

'고생 끝에 골병 난다.'

무례한 사람을 대하는 건 어떤 방법이든 골병 나기 딱 좋다. 만병의 근원은 스트레스라는데 이 정도면 병원 처방을 그의 입을 막는 거로 해야 하지 않을까 싶을 정도다.

마냥 부정적으로 보는 것보단 그들을 이해하고 좋게 해석하려는 노력도 필요하다. 그렇지만 웃으며 요령껏 할 말은 하고, 피할 수 있는 부분은 피해야 한다. 그리고도 남은 감정의 찌꺼기는 안줏거리로 두는 것도 나쁘지 않다. 웃픈 이야기이긴 하지만 인생의 안주가 늘어갈수록 친구와의 술자리는 풍성해진다. (김 대리, 이 과장, 전 연인...)

Say
<당신에게 꼭 하고 싶은 말>

이어폰에는 노이즈 캔슬링 기능이 있다. 불필요한 외부의 소음은 차단해주고, 들어야 하는 걸 더 잘 들을 수 있도록 해준다. 우리 마음에도 그런 기능이 필요하다.

타인의 가치도 알아보지 못하는, 어떻게 보면 사회생활 자체가 불가한 그들의 말은 한낱 소음에 불과하다. 그러니 그런 말에 너무 오래 힘들어하지도, 마음에 담아두지 않도록 하자.

나도 모르는 사이
대인관계를 망치는 실수

[비밀은 사람의 입을 통해선 지켜질 수 없다]

온라인 톡의 기능 중에 '현재 채팅방 입력창 잠금'이 있다. 활성화를 시키면 채팅창에 입력이 방지되고, 이런 문구가 보인다.

'대화에 주의가 필요한 방입니다.
잠금 버튼을 클릭하면 입력할 수 있습니다.'

회사를 포함한 단체채팅방 오입력 방지기능으로 생긴 것이지만 사실 모든 대화에 우리는 주의를 기울여야 한다. 그리고 그게 비밀이라면 더더욱 조심해야 한다.

손끝을 떠난 이야기와 혀끝을 벗어난 말은 어떤 상황에서도 비밀 보장을 받을 수 없다. 상대가 친한 친구라고 하더라도 말이다.

그 사람의 가족이나 연인 혹은 다른 누군가에게 전달될 수 있다는 것을 반드시 염두해야 한다. 더 소름 돋는 건, 말하면 안 된다고 강조하면 할수록 그건 더 퍼트리고 싶은 '흥밋거리'가 될 수 있다는 것이다.

온전히 들어주기만 하는 존재를 사람에게 찾으면 안 된다. 오직 반려동물과 식물, 하늘과 바다 같은 존재만이 당신의 비밀을 지켜줄 수 있다. 당신의 주변인 모두를 비하하려는 의도는 없다. 나 역시 힘들 때 주변 친구들에게 털어놓고는 하니까. 단지 그만큼 비밀을 지키는 게 어렵다는 뜻이다. 탈무드에선 비밀을 지키는 건 현인에게도 매우 어려운 일이라고 했다. 좋은 이야기도 입에 오르내리면 부담되는데 배우자나 연애 관련 이야기, 가정사, 건강문제 등의 이야기는 긁어 부스럼이 될 수가 있다.

[입이 가벼운 사람과는 거리를 두자]

다른 사람의 이야기를 쉽게 전하는 동료나 친구가 주변에 있다면 멀리하는 것이 좋다. 서로 이야기를 공유하면서 빠르게 유대감을 쌓는 것처럼 보일 수도 있지만, 그 사람은 결국 당신의 이야기도 쉽게 여기저기 전달할 사람이기 때문이다. 상황에 따라선 약점으로 삼을 수도 있는 일들이다.

"나 아는 사람이 너랑 집안 사정이 비슷하거든. 네가 부모님 재혼하시는 거 고민 많이 하길래 조언 좀 구하려고 네 이야기 했지."
"엄마가 너 잘 지내냐고 묻길래 요즘 너무 힘들어하다가 결국 정신과 치료받는다고 말했어. 엄마가 너 걱정 많이 하더라."

어떤 의도에서든 상대가 나의 이야기를 타인에게 전달했다는 것만으로도 기분이 나쁠 수 있다. 특히 상대에 대한 믿음이 클수록 감정은 쉽게 상하고, 관계 역시 걷잡을 수 없이 틀어진다. 고민 끝에 힘겹게 쏟아낸 말이라고 해도 누군가에겐 가볍게 내뱉어질 수도 있다는 걸 기억하라. 그리고 그런 일은 대부분 예고 없이 훅 찾아온다. 마음 조금 가벼우려고 한 말이 가시가 되어 다시 돌아오는 셈이다.

[과한 자랑은 적을 만든다]

"아빠 친구 정호 알지? 걔 딸이 이번에 서울대 합격했다더라."

"이번에 초등학교 모임 갔는데 엄마 동창이 유럽 갔다 왔다는 거야. 딸이 대기업 다니는데 보내줬다나 뭐라나. 어휴."

다들 이런 말 한두 번쯤은 들어본 적이 있을 것이다. 명절에 서로 자식 자랑하다가 언성이 높아지는 일도 허다하다. 그뿐만 아니라 내 앞에선 승진을 축하했던 동료가 알고 봤더니 뒤에서 나를 깎아내려 평가하고, 너무 불공평하다며 불평을 늘어놓았다는 이야기를 전해 듣기도 한다.

질투는 인간의 보편적 특성이다. 게다가 상대의 열등감과 겹쳐지는 일이라면 아무리 작은 성공도 큰 질투를 부를 수 있다. 경제적인 부분부터 가족 자랑, 크고 작은 성공을 여기저기 이야기하고 다니는 건 주변 사람을 적으로 돌리는 행위와 같다.

기쁨을 나누면 두 배가 되지만
그게 자랑이라면 시기와 질투가 두 배가 될 수 있다.

물론 반대의 경우도 있다. 오프라 윈프리(Oprah Winfrey)는 메리 제이 블라이즈(Mary J. Blige)가 그래미 어워드 수상했을 때 본인이 그 상을 받은 것처럼 기뻤다고 말한 적이 있다. 열등감 없이 타인의 행복에 진심 어린 축하를 하는 건 아무나 할 수 있는 일이 아니다.

Say

<당신에게 꼭 하고 싶은 말>

영국 속담에 '지혜는 들음에서 생기고 후회는 말함에서 생긴다.'라는 말이 있다. 대인관계에 있어서 잘 듣는 것이 가장 중요해 보이지만 잘못 말하여 그 관계를 망치는 경우를 더 조심해야 한다. 당신이 모든 걸 다 털어놓고 싶을 만큼 가까운 사이라고 하더라도 항상 조심히 말해야 한다. 그래야 그 소중한 관계를 오래 지켜낼 수 있다.

지치지 않고
올바른 길을 가는 방법

[길을 잃지 않게 하는 것]

경주 황리단길을 가면 운세를 알려주는 도깨비 명당이 있다. 뽑기처럼 뽑아서 도깨비 망치로 캡슐을 톡 치면 운세가 적힌 종이가 나오는 방식이다. 새해에 재미로 보러 갔지만 나도 모르게 한줄 한줄에 감정을 싣고 읽게 되었다. 잘 될 거라는 말에는 어깨가 절로 올라갔고, 힘든 일이 있을 수도 있다는 말에는 금방 시무룩해졌다. 옳은 선택을 하였는지 끊임없이 의심이 들기 마련이고, 그래서 확인받고 싶은 건 모두가 같은 마음이었기에 수많은 사람이 캡슐 하나에 웃고 안도감을 내비쳤다.

내면의 목소리가 가장 중요하지만 끊임없는 외부의 소음에 묻히게 될 때가 많다. 순간 암전된 것처럼 조금도 나아갈 수 없는 상태가 되어버리는 것이다. 이럴 때 누군가의 응원은 크고 작은 빛이 되어 준다. 그 크기가 작을 수도 있고 불규칙적으로 반사되는 빛일 수도 있지만, 내부를 비춰주기엔 충분하다. 길을 잃지 않도록 하는 값진 선물이 우리에겐 종종 필요하다.

[지친 나에게 필요한 말]

tvN 식스센스2 예능프로그램에서 무용 동작으로 심리 치료하는 게 나온 적이 있었다. 타인에게 듣고 싶었던 말을 들음으로써 자존감을 높여주는 치료방법이었다. 먼저 각자 듣고 싶은 말을 이야기했고, 그걸 다른 사람이 해주는 방식이었다.

유재석 : 승아야, 너 진짜 잘하고 있어! 넌 정말 잘하고 있다.
이상엽 : 로꼬야 네 마음대로 해. 하고 싶은 대로 해. 알았지?
전소민 : 울어 로꼬? 왜 울어 울지 마. 하고 싶은 거 다 해. 누가 그랬어 데리고 와! 다 혼내줄게
제시 : 내가 죽여버릴게! 누구야! 재범이야? (웃음)

위로를 전하던 사람도, 듣는 사람도 모두 울컥하더니 순식간에 울음바다가 되었다. 대부분 지치는 이유를 체력이 부족하고 능력이 없어서라고 치부해버린다. 그래서 노력만으로는 안 된다며 더 큰 노력인 '노오력'을 하려 한다. 틀린 말은 아니다. 본인의 기술이나 능력을 발전시켜야 그릇의 크기를 키울 수 있기 때문이다. 그렇지만 그 그릇이 단단해지려면 주변 사람의 응원 역시 필수적이다. 그래서 오롯이 혼자 끌고 나아가는 사람보다 때론 기댈 줄도 아는 사람이 진짜 현명한 사람이다. 그 틈이 '빈틈'이라는 단점으로 여겨질 때도 있지만 타인의 위로 역시 그 틈 사이로 들어온다. 누군가의 위로가 당신에게 닿을 수 있도록 그 틈을 허락해보자.

우린 혼자서 뭐든 해낼 수 있는 철인이 아니다.

Say
<당신에게 꼭 하고 싶은 말>

당신이 어떤 상황인지, 무엇을 고민하는지 알 수는 없지만, 꼭 하고 싶은 말이 있다.

"당신의 노력은 무엇과도 비교할 수 없을 만큼 값지다. 그렇기에 앞으로 더 빛날 당신의 인생을 진심으로 응원한다."

기분이 좋아지는 2가지 방법

그런 날이 있다. 한번 스텝이 엉키면 뒷부분도 연달아 꼬여버리는 것처럼 속상한 일들로 가득 차버린 하루.

서류를 한꺼번에 잡고 정리를 하다 손이 베여버린다. 밴드를 감고 일하는데 실수로 텀블러를 쳐서 책상 위에 커피를 쏟아버리기까지 한다. 이렇게 짜증 나는 일이 2번 이상 일어나면 뭔가 모르게 싸한 느낌이 들기 마련이다. 그래도 잘해보고자 마음을 가다듬어 보지만 거래처의 항의 전화에 금세 진이 빠져버린다. 그리고 확신하게 된다.

'아.... 오늘은 뭘 해도 안 되는 날이구나.'

기분 전환 자체가 불가능해 보여 괴로운 날은 꽤 자주 찾아온다. 죄다 파란불이었던 주식이 빨간불을 띄기 시작한다면 모를까, 한번 나빠진 기분은 오늘은 지나야 그나마 나아질 거란 기대를 걸어볼 수 있다. 내일까지 반복된다면 서러움은 배가 된다. 그런데 의외로 이것만 지켜져도 눈에 띄게 기분을 좋게 만들 수 있다. 중요하지만, 너무 기본적이라 오히려 잘 지켜지지 못하고 있는 것들이다.

[밥이 아니어도 좋으니 잘 챙겨 먹자]

끼니를 잘 챙기지 않아도 괜찮다는 생각은 일상생활 리듬을 깨지게 만든다. 전문가들은 뇌로 공급되는 포도당이 현저히 줄어들면, 스트레스 호르몬 분비가 높아진다고 말한다. 반대로 행복 호르몬은 줄어들어 결과적으로 예민해지고, 쉽게 화를 내게 된다는 것이다. 노스캐롤라이나 대학의 연구원들은 배고픔은 부정적인 감정으로 연결되기 쉽다는 연구결과를 발표하기도 했다.

끼니를 잘 챙긴다는 건 일상생활 속에서 일어나는
수많은 일의 소화력을 높이는 것과 같다.

우리에겐 매일 3번의 기회가 주어진다. 아침, 점심, 저녁(야식까지 넣어서 4번을 하고 싶었지만, 건강엔 좋지 않아 슬프지만 뺐다.) 단순히 먹는 것도 중요하지만 어떻게 먹느냐가 사실 더 중요하다. 먹을 때만큼은 그 즐거움을 온전히 느끼는 게 좋다. 그런데 우리나라 사람의 절반 이상이 식사를 10분 내로 마치고 있다. 하루에 한 번이라도, 어렵다면 일주일에 하루만큼이라도 자신이 좋아하는 메뉴를 넣어 오롯이 먹는 것에 집중하며 천천히 즐겨보자. 그건 맥주가 될 수도 있고, 좋아하는 재료가 듬뿍 들어간 마라탕이 될 수도 있다.

주변 친한 사람과 약속을 잡아보는 것도 좋은 방법이 될 수 있다. '언제 시간 되면 밥 한번 먹자'라는 말은 인사치레가 된 지 오래다. 그냥 하는 말 말고, 진심으로 묻고 소중한 사람과 약속을 잡아보자. 오죽하면 속담에 먹고 죽은 귀신이 때깔도 곱다는 말이 있겠는가. 혼자도 좋고, 친구나 가족과 함께여도 좋다. 일상을 잘 챙기기 위해 당신이 잠시 잊고 있는 것 중 하나는 식사의 즐거움이라는 걸 기억하라.

[잠은 진짜 보약이었다]

'피곤함, 무기력, 떨어진 주의력, 잦은 실수, 과민반응' 대충 보기만 해도 짜증 지수가 치솟는 이 증상들은 수면이 부족할 때 발생한다. 하루의 시작만큼이나 끝도 중요하다. SNS나 웹툰을 보다가 눈이 감길 때 하루를 끝내지 말고, 주변을 말끔히 정리한 후에 잠자리에 들자. 스마트폰의 사용은 멜라토닌 호르몬의 합성과 분비를 방해하여 깊은 수면을 방해한다. 스마트폰만 있다면 모든 게 가능한 요즘이라 떼어 놓을 수 없는 사이인 건 맞다. 그렇지만 잘 때만큼은 각자의 자리에서 자는 게 가장 바람직하다.

잘 때 입을 옷이나 베개 커버를 바꿔보는 것도 적당한 기분 전환이 될 수 있다. 우린 밖에서 입는 옷에 비해서 오랜 시간 입는 잠옷은 신경 쓰지 않을 때가 많다. 그렇지만 편안하고, 촉감도 마음에 드는 옷은 기분 좋게 잠들 수 있는 환경을 만들어 준다. 충분한 수면은 피로와 스트레스 해소뿐만 아니라 면역체계 향상에도 도움이 된다. 괜히 잠이 보약인 것이 아니다. 제대로 잔 당신의 내일은 분명 달라져 있을 것이다. 몸의 상태와 기분 그리고 고민을 바라보는 시선까지. 도저히 넘어가지 않을 것 같았던 페이지가 다음 장으로 넘어가 있을 수도 있다.

기분은 쉽게 나빠지기도 하지만
생각보다 간단하게 좋아지기도 한다.
그러니 일단 잘 먹고 잘 자야 한다.

ay

<당신에게 꼭 하고 싶은 말>

"밥은 먹었어? 요즘 잠은 잘 자고? 어디 아픈 데는 없지? 항상 조심하고 밥 잘 챙겨 먹어라." 자식에게 꼭 물어보는 부모님의 단골멘트이다.

왜 이렇게 똑같은 것만 물어보고, 강조하는 건지 이해가 가지 않아 괜히 짜증 냈던 사람도 있을 것이다. 그런데 사실 그게 정말 당신을 위한 이야기였다. 기분을 바꾸기 위해 당신이 찾고자 했던 그 정답은 잔소리처럼 들리는 부모님의 말씀 속에 있었다. 탈 없이 편안하게 지내길 바라는 그 말 속에 말이다.

타인에게 휘둘리지 않는 삶

[그건 네 생각이고~]

"영어공부 그거 해봤자 쓸데없어. 술이나 마시러 가자"
"주식공부 하면 뭐가 달라져? 네가 무슨 워렌 버핏인줄 아냐?"
"퇴근했는데 무슨 공부야. 안 어울리게 왜 그래"

무언가 시도하려고 하면 주변에서 이런저런 말을 늘어놓는다. 웃어넘길 때도 있지만 나도 걱정됐던 부분을 누가 콕 짚어내면 불안감이 하염없이 부풀어 오른다. 마치 상처 위에 또 다른 상처가 난 것처럼 퉁퉁 붓는 것이다.

단순한 의견전달을 넘어 강요하고 상대를 비난하는 건 조언이 아니라 참견에 가깝다. 그런데 문제는 그들이 쉽게 뱉은 말에 휘둘려 너무나 많은 것을 놓치고 포기하는 것이다.

그렇지만 사람은 아는 만큼 보인다. 그 사람은 경험한 것보다 하지 못한 게 훨씬 많을 것이고, 나에 대해 아는 것보다 모르는 게 더 많다. 자칫 편협한 시야를 가졌을지도 모르는 사람의 말에 너무 동요하지 않았으면 한다. 그리고 꼭 생각해보아야 한다. 그들의 말 속에서 상처를 받은 것인지 자신 없던 일을 포기할 이유를 찾은 것인지. 왜냐하면, 놓친 것과 놓아버린 것은 엄연히 다르기 때문이다.

[알맹이는 없고 쭉정이만 남은 말]

뭔가 하려고 할 때마다 결과를 단정 짓고 짜증을 내거나 노발대발하면서 못하게 하는 사람도 있다. 그들의 말엔 어떤 대안도 없으며 왜 그렇게 생각하냐고 물으면 그냥 세상이 그렇다는 식으로 말을 한다. 결국, 알맹이는 없고 쭉정이 같은 말뿐이다.

이런 말을 주로 하는 이들에겐 공통점이 있다. 스위스 출신 철학자이자 작가인 알랭 드 보통(Alain de Botton)은 불안이라는 책에서 다음과 같이 말하였다.

자신의 자리에 확신을 가지는 사람은
남들을 경시하는 것을 소일거리로 삼지 않는다.
오만 뒤에는 공포가 숨어있다.
괴로운 열등감에 시달리는 사람만이
남에게 '당신은 나를 상대할만한 인물이 못 된다.'는 느낌을
심어주려고 기를 쓴다.

그들의 보이지 않는 면에는 불안이 자리 잡고 있다. 정작 본인이 노력하기 싫으니 열심히 하는 상대를 자기 수준 혹은 그 밑으로 끌어 내리는 것이다. 타인의 크고 작은 도전이 성공에 다다랐을 때 자신이 초라해지는 게 두려워 상대의 행동을 별 볼 일 없고 안 해도 되는 것으로 치부하는 걸 경계해야 한다.

[타인의 기준에 맞추지 않는 삶]

"기준! 좌우로 징렬!"

체육 시간에는 선생님이 정해준 기준을 중심으로 다들 바쁘게 움직인다. 그렇지만 인생은 누군가가 기준을 잡아줄 수도 없으며, 나 역시 거기에 맞게 움직일 필요도 없다. 누군가 내게 출발선과 결승점을 정해주고 강요한다면 그건 날 위한 것이 아닐 확률이 높다. 자신이 원하는 대로 주변 사람들을 정렬시켜 마음의 위안으로 삼으려는 행동일지도 모른다. 사람들은 생각보다 타인의 성공에 관심이 없다. 그러므로 그들의 말은 참고만 해도 충분하다. 그리고 선을 넘는 말을 한다면 이렇게 속으로 되뇌어 보자.

'그건 네 생각이고.'

당신의 주변에 부질없다고 비웃는 사람들이 하나둘 생겼다는 건 앞으로 잘 나아가고 있다는 것이다. 본인보다 당신이 더 잘될까 봐 불안을 느낀 사람들이 다시 본인과 비슷한 생활을 하길 바라는 맘에 하는 말이기 때문이다. 한 마리로 열등감에 시달려 펄쩍 뛰고 난리 치는 것이다. 애쓰는 그들을 가엽게 생각하고 목표를 바라보자. 굳이 입 아프게 상대할 필요도 없다. 개의치 않고 꾸준히 하는 모습을 보여주는 것만큼 그에게 고통스러운 건 없으니까.

그리고 그들과의 거리가 일정 이상 벌어지면 더는 그들의 목소리도 들리지 않을 것이고, 한 단계 더 발전한 당신의 모습을 발견하게 된다.

주변에 질투와 모진 말로 힘들게 하는 사람이 있는가? 그렇다면 당신은 지금 제자리가 아닌 앞으로 잘 나아가고 있다는 뜻이다.

지친 나를 위해 꼭 해야 하는 것

[채찍질에는 당근도 필요하다]

회사에서 매출 압박이 너무 심해 두통으로 고생했던 날이 있었다. 두통약을 먹어봤지만 별 효과가 없었고, 며칠째 고통이 이어져 꽤 힘들었던 기억이 있다. 병원에선 긴장형 두통이라고 했다. 스트레스, 피로, 과로 등을 한 경우 생기는 것으로 스트레스를 받지 않도록 하라며 두통약을 처방해주셨다. 두통은 초기에 빠르게 대처하는 게 중요하다고 한다. 그저 참기만 하면 통증이 오히려 점점 심해지므로 두통이 시작되면 1시간 이내에 두통약을 먹는 것이 좋다. 우리 감정도 비슷하다. 채찍과 당근이 적당히 섞여야 하는데 우린 스스로 채찍질하는 데에만 중점을 두고 있고, 그게 더 익숙하다. 뭘 더 배워야 하고, 잠을 얼마나 줄여야 하며 사사로운 감정보단 해야 할 일에 매진하는 방법에만 늘 관심을 두고 실천하고 있다. 그래서 자신에게 당근 역할을 해줄 것이 무엇인지도 모르는 사람이 많다. 자신이 언제 편안함을 느끼고 기분 좋은 감정이 생기는지 각자 알아둘 필요가 있다. 그래야 두통약처럼 당근으로 초기 대응을 할 수 있다.

[걸어보자]

나의 경우 머릿속이 복잡해질 때는 일단 나간다. 그리고 그냥 걷는다. 걷는 게 좋다는 말은 다들 수백 번도 더 들어봤을 것이다. 산책은 뇌 안에 있는 단백질인 뇌유래신경영양인자에 많은 영향을 준다. 그래서 걷다 보면 화도 가라앉혀주고, 좋지 않았던 기분도 어느 정도 가라앉는다. 감정이 더 커지지 않게 딱! 때려준달까. 딱밤의 달인 정도로 생각해두면 좋을 것 같다.

[음식보다 더 진실한 사랑은 없다]

개인적으로 떡볶이와 튀김 만두, 돼지고기 목살과 된장찌개 조합을 좋아한다. 집 근처 호떡도 좋아하는 편이다. 감정적으로 지쳐서 혼자 쉬고 싶을 땐 편의점에서 고구마 맛이 나는 팝콘과 탄산음료를 사 온다. 영화 한 편 보면서 혼잣말을 하다 보면 기분이 꽤 달라져 있다.

아일랜드의 극작가 겸 수필가인 조지 버나드 쇼(George Bernard Shaw)는 이런 말을 했다. '음식에 대한 사랑보다 더 진실한 사랑은 없다' 그러니 당신에게도 때론 진실한 사랑이 필요하다.

당신은 어떤 것을 좋아하는가?
무엇을 먹을 때 기분이 전환되는가?
채찍질에만 온 신경을 쏟는 당신
당신의 당근이 무엇인지도 미리 알아두어야 한다.

[하루에 몇 번 웃는가?]

아이들은 하루에 평균 400번을 웃는다고 한다. 자는 시간 제외하면 거의 2~3분에 한 번씩 웃는다고 볼 수 있다. 반면, 성인은 하루에 7번 정도에서 그친다고 한다. 주말 오후 3시에 친구에게 전화했는데 목소리가 잠겨있길래 걱정되어서 감기냐고 물어봤더니, 아침에 일어나긴 했는데 말은 방금 처음 하는 거라고 한 적도 많다. 사람에 따라 다르겠지만 분명한 건 하루에 몇 번 웃지 않는다는 것이다.

사실 웃는 게 뭐 그리 대수일까 싶다가도 한편으론 웃을 일이 많이 줄어든 것 같아 씁쓸하기도 했다. 희로애락(喜怒哀樂)은 기쁨, 노여움, 슬픔 그리고 즐거움을 뜻하는 말로 인간의 다채로운 감정을 뜻한다. 그런데 우린 온통 노여움과 슬픔으로 가득 차 있는 것 같다.

당신은 하루에 몇 번 웃는가?
주로 언제 기쁨과 즐거움을 느끼는가?

적어도 일주일에 한 번이라도 기쁘고 즐거움이 가득한 당근 같은 일을 자신에게 선사하자. 어렸을 때 보였던 그 환한 미소가 지금의 당신에게도 보이면 좋겠다.

ay

<당신에게 꼭 하고 싶은 말>

우리에겐 때론 이런 처방이 필요하다.

A. “회사에서 신경을 많이 썼는지 두통이 너무 심해요.”

B. “일단 커피 3일 치 처방해 드릴게요. 밀가루 제품 많이 드시고, 좋아하는 영화 밤새도록 보세요.”

만만하게 보이지 않는 대화법

[선량함에도 가시가 필요하다]

'착하다'라는 말은 어긋남 없이 옳고 바르다는 뜻인데, 어느 순간부터 본래의 뜻과는 달리 쓰이고 있다.

앞에선 "너 진짜 착하다"라고 말하지만
뒤에선 '쟤 쉬운 사람'이라고 얕잡아 보는 경우가 많아진 것이다.

착함은 인간이 갖추어야 할 중요한 미덕 중 하나이다. 대인관계에서도 타인을 위할 줄 알고, 포용하는 마음은 굉장히 중요한 부분이다. 그렇지만 세상은 물론이거니와 인간은 생각만큼 선하지 않다.

무례한 상대의 행동에 계속 웃고 넘어가 주면, 더 오만한 모습으로 다가온다. 누울 자리 봐 가며 발을 뻗는 건 그들의 특기이다. 상황을 악화시키지 않고, 갈등을 만들지 않으려는 노력이 오히려 발 뻗을 자리만 더 넓혀주는 행동이 되어버린다. 미국의 시인이자 사상가인 랠프 월도 에머슨(Ralph Waldo Emerson)은 이런 말을 남겼다.

"그대의 선량함에는 반드시 '가시'가 있어야 한다.
그렇지 않으면 그 선량함은 없는 것이나 마찬가지다."

상대가 과한 요구를 하거나 잘못한 경우에는 명확한 의사 표현이 꼭 필요하다. 그래야 나를 지켜낼 수 있다. 사실 이런 말을 들으면 억울하게 느껴질 수도 있다. 악인에 가까운 나르시시스트나 호의를 당연시하는 사람이 조심하는 게 더 본질적인 문제 해결인데, 매번 착한 사람만 뭔가를 해야만 하는 것 같기 때문이다.

그렇지만 안타깝게도 악인은 이름에 걸맞게 이런 책을 보지도 않을뿐더러, 본다고 하더라도 본인 이야기인 걸 알지 못한다. 혹은 본인이 착하다고 생각하여 '역시 나처럼 착한 사람은 표현을 많이 해야 해'라는 말도 안 되는 해석을 하며 소름 돋는 다짐을 하기도 한다.

관계의 온도가 올라갈수록 권리라고 생각하는 사람에겐
선을 긋고 거리를 두는 것이 상대와 나를 위한 진짜 호의이다.

바닷물이 따뜻해질수록 많은 수증기가 발생하고 이를 통해 거대한 태풍이 발생한다. 대인관계 온도 역시, 따뜻해질수록 조건 없는 배려와 공감이 발생하고 그것은 도려 상대의 덩치를 키워버린다. 선 넘는 행동이라 느껴진다면 이젠 더는 용인하지 않아야 한다. 그래야 나 자신도 지킬 수 있고, 더 많은 사람과 잘 지낼 수 있게 된다.

[분위기를 깨트리지 않고 표현하기]

"내가 빙다리 핫바지로 보이냐?"

영화 타짜에서 손장난 질을 하는 듯한 고니에게 아귀가 한 말이다. 많은 이들에게 회자가 된 유명한 장면인데 비속어이긴 해도 '만만하냐?'라는 말보단 훨씬 가슴에 와닿는다. 일상생활에선 이렇게 속 시원하게 말하기 어렵지만, 다정함을 잃지 않으면서도 충분히 의사전달이 가능하다. 아래 몇 가지 방법만으로 우린 착하지만, 함부로 대하지 못하는 사람이 될 수 있다.

1. 소신 있는 사람의 말투와 태도

- 말끝을 흐리지 않고 눈을 바라보며 이야기한다.

말은 곧 그 사람 '격'이라고 볼 수 있다. 상대에게 건네는 말투에 따라 때론 분위기를 압도하고, 반대로 한없이 쉬워 보이기도 한다. 그래서 눈을 마주치며 똑 부러지는 말투로 이야기하는 것만으로도 단단함이 전달할 수 있다. 말끝을 흐리는 것 자체가 여지가 있어 보이고 그러면 상대는 또 물고 늘어질 것이다. 또렷이 말하여 쉽게 대할 수 있는 사람이 아님을 알려주자.

2. 간단명료하게 한 번 더 정리해서 말하기

수려하게 말하지 않아도 마지막에 포인트를 요약 한 문장을 한 번 더 전달하는 것만으로도 내 생각에 강한 확신이 있음을 상대가 느끼게 된다. 그리고 요점을 이해하기에도 훨씬 더 쉬워져서 내 의견을 쉽게 무시하지 못한다.

3. 상대 말에 대한 대안을 제시

퇴근 시간을 10분 남기고 동료가 내게 건넨 말 한마디

"많이 바빠요? 이것 좀 도와줄 수 있어요?"

시간상으로 괜찮고 평소 서로 잘 돕는 사이라 돕고 싶은 마음이 생긴다면 상관없다. 그렇지만 밖에서 계속 웃으며 통화하고, 온종일 연신 휴대폰을 만지고 놀던 동료가 그러면 도와주려던 마음도 금세 식어 버린다. 거절하고 싶은데 안된다는 말이 선 듯 나오지 않는다면 대안을 제시해보는 것도 좋다.

"오늘 약속 있어서 그건 어려울 것 같고, 내일은요?
내일 오전에 과장님 외근이셔서 오전에 도와드릴 수 있어요.
아니면 내일 오후에 외근 갔다 와서 한 시간 정도도 괜찮고요."

한 번만 이렇게 대답해도 쉬운 사람이라는 느낌은 사라진다. 그래도 오늘 해달라고 한다면 "내일 근무시간에는 잠깐씩 되는데, 곧 퇴근이기도 하고 어려울 것 같아요."라고 말하면 된다. 근무시간 외에 부탁은 어렵다는 나의 기준을 상대에게 알려줄 수도 있고, 단번에 거절하기보다 대안을 이야기하는 편이 말하기도 쉽다.

4. 웃기지 않을 땐 웃지 않기

회사는 이윤을 창출하는 곳이다. 놀러 온 것도 아니고 일을 하다 보면 화나는 일도 많고, 억지로 웃어야 할 때도 많다. 게다가 나 혼자 사용하는 공간이 아니기에 혼자만의 기분을 전체 업무 분위기로 퍼지게 하는 건 바람직하지 않다. 그렇지만 때에 따라 그 분위기를 깨트려야 할 때도 있다.

선 넘은 과한 농담에 상처받았을 땐
그저 웃고 넘겨선 안 된다.
웃기지 않을 때 웃지 않을 용기가 필요하다.

주변 사람까지 당황할 정도로 외모 비하부터 학벌, 가족 등의 선 넘은 말들에 상처받았는데 웃고 넘기려는 경우가 많다. 무슨 뜻으로 한 말인지 되받아칠 수 있다면 좋지만, 보통은 순간적으로 굳어버리기 마련이다. 그럴 땐 적어도 웃고 넘기는 것만큼은 해서는 안 된다. 웃지만 않아도 분위기는 금세 싸하게 바뀐다. 상대가 한 말로 갑자기 공기의 흐름이 바뀌었기 때문에 무례한 말이었다는 인식을 심어줄 수 있다.

상식에 어긋난 날 선 말들이 난무할 땐
말이든 행동으로든 표현해야 한다.
그게 분위기를 깨더라도 말이다.

Say

<당신에게 꼭 하고 싶은 말>

세상을 바꾸는 건 선량한 마음에서 시작된다. 그렇지만 그 선량함이 이용당하지 않고, 만만하게 보이지 않으려면 단단함이 동반되어야 한다.

지독한 사회생활에서 지치지 않으려면

<경고 WARNING>
본 내용은 직장생활의 슬픈 현실을 담아내었기에
심약자는 주의 바랍니다.

사회생활을 하면서 알게 된 건 일하는 능력뿐만 아니라 꼭 갖춰야 할 마인드가 따로 있다는 것이다. 혹여나 이 이야기가 취업 준비 중인 사람들의 기대심까지 꺾어버릴까 걱정이 되기도 하지만 그보다 당신의 멘탈이 하루에도 수십 번도 더 바스러지는 게 더 큰 일이라 판단하였다. 당신의 사회생활에 조금이나마 더 도움이 되길 바라면서 몇 가지 팁을 전달한다.

[주인의식은 주인만 가질 수 있다]

대표로선 직원이 주인의식을 가지는 게 좋다. 그래야 지급한 급여보다 더 열심히 노력할 테니 말이다. 직원이 자기 일에 책임감을 느끼고 일을 하게 되면 커리어에도 도움 되고 굉장히 바람직할 것 같지만, 사실 아닐 때가 더 많다. 비효율투성이인 회사에선 주인의식만큼 자신을 힘들게 만드는 건 없기 때문이다. 직급 상관없이 모두가 똑같이 의미 없는 길을 걸어가고 비 계획적인 일투성이에 업무지시는 자꾸만 번복되고 있다. 고치고 싶은 부분이 눈에 띄더라도 그 위에 전 직원이 켜켜이 쌓여있어 사실 불가능에 가깝다. 거기에 무능력한 상사까지 합세한다면 당신의 주된 업무는 이것이 된다.

<삽질>

쓸데없는 업무를 하여 시간을 뺏기는 것. 헛수고. 불합리한 일

[주 업무는 삽질입니다]

1. 하루에도 몇 번씩 바뀌는 업무지시

업무지시를 하루에 수도 없이 번복한다. 한참 전개된 일을 바꾸고, 새로운 지시를 받아 뒤돌아서는 나의 등에다가 바꾼 업무를 꽂아버린다. 그러다 결국 맨 처음 방식으로 돌아가기도 한다.

상사도 본인이 뭘 해야 할지 정확히 모르는 것이다. 갈피를 못 잡은 상태니 당연히 상세한 지시도 내리지 않게 된다. 두리뭉실하게 설명하고 두서없이 주먹구구식으로 일단 진행하고 본다. 계획을 잡고 실행이 아니라 결과가 나오고 다시 계획을 잡는 형태이다. 이걸 해결하려면 중간보고 때 좋은 플랜을 슬쩍 언급해야 한다. 상사도 그게 마음에 들었다면 말한 내용을 토대로 좀 더 명확한 지시를 내릴 것이다.

거의 엎드려 절받기식이긴 한데 엎드려 받는 절도 절이다. 경력이 좀 쌓였다면 이렇게 해서라도 수정횟수를 줄여보는 것도 방법이 될 수 있다.

2. 쓸데없이 과한 업무량

100%만 있으면 되는데 150%를 지시하는 사람이 많다. 시간적 여유가 있다면 아무 문제가 되지 않지만, 마감기한이 당장 코앞인데도 이러는 경우가 있다. 일단 시키면 바로 실행하고 중간 정도 진행했을 때 보고 하면서 할 수 있는 선을 같이 보고하면 도움이 된다. 상황이 이런데 어떻게 해야 할지 물어보면 양을 줄이라고 하던지 퀄리티를 낮추라고 상사가 조율할 것이다. 그 말이 듣기 불편하다고 해서 혼

자 억지로 하다가 마감기한에 덜됐다고 하면 노발대발하기 때문에 그전에 보고하는 게 차라리 낫다.

막을 새도 없이 쏟아져 내리는 건 비뿐만이 아니다.
회사업무도 비슷하다.

[일의 난이도와 가치 ≠ 나의 가치]

체계적이지 못한 업무에 성과 없는 헛수고를 하다 보면 '나 지금 뭐 하고 있지? 난 왜 이런 일을 하는 걸까?'라는 생각을 시작으로 번아웃이 오기도 한다. 또한, 내가 하는 일의 가치가 떨어져 보이고, 그게 곧 나의 가치라는 생각이 들 수도 있다. 그러므로 이 사실을 반드시 짚고 넘어가야 한다.

일의 가치와 나의 가치는 아무런 상관이 없다. 회사엔 그 일을 해야 하는 사람이 필요했고 나는 고용되어 그것을 도와주는 것일 뿐이다. 일과 나 사이에 명확한 경계선을 그어야 한다.

직원을 위한 회사라고 하더라도 회사는 회사이다. 이윤 창출이 목적인 곳에서 끈끈한 무언가를 바라지 말자. 물론 근무시간에 최선을 다하는 건 맞다. 그렇지만 10년을 일했다고 해도 회사는 그리 쉽게 노고를 인정하지 않는다. 그만큼 일단 노동력의 대가를 지급했기 때문이다. 이런 곳에서 혼자 마음 주고 상처받지 말자. 직업적 만족감과 자아실현을 찾으려 할수록 당신의 자아는 더 빠른 속도로 소진되어 버릴 것이다. **오히려 회사와는 심리적인 거리를 두어야 건강하게 다닐 수 있다.**

ay

<당신에게 꼭 하고 싶은 말>

회사에서 삽질한다고 해서 내 인생을 삽질한다고 생각해서는 안 된다.

마인드셋이 필요한 당신, 부디 상처는 적게 받고 돈은 많이 받길 바란다. (퇴근 후에 마시는 맥주가 너무 쓰지 않기를..)

직장에서 호구가 되지 않는 방법

[안녕하세요. 신입사원 호구입니다]

퇴사 사유 1위가 직장 내 인간관계라고 한다. 일은 시간이 지남에 따라 익숙해지기라도 하지만, 매번 대인관계가 문제다. 예전에 다녔던 회사에서 옆 부서 문서박스를 퀵으로 보내는 걸 몇 번 도와줬는데 어느 순간부터는 책상 한가운데에 퀵을 보낼 문서박스가 쌓이기 시작했다. 게다가 타부서의 일까지 도와주다 보니 근무시간 내에 내 일조차 다 하지 못해서 상사에게 크게 혼난 적이 있었다.

"너 호구야? 자기일 하나 제대로 처리 못 해?
그거 하나 거절 못 해서 이 난리야?"

무작정 잘해줘서 될 문제가 아니다. 잘해주는 것에도 방법이 있다. 그래서 호구가 되지 않는 몇 가지 방법을 소개하고자 한다.

1. 웃으며 의무감 심어주기

세계적으로 유명한 설득의 대부 로버트 치알디니의 책 설득의 심리학에는 상호성의 원칙이 나온다. 호의를 받으면 갚아줘야 한다는 의무감을 느낀다는 것이다. 예를 들면 내 결혼식에 와준 사람이 청첩장을 보내면 가야 할 것 같은 부담감이 들고 보통은 다 가게 된다. 이것처럼 회사에서도 선의를 먼저 베푸는 것이다. 그런데 호의가 계속되면 권리가 되는 세상이라 난 여기에 한 가지를 더 해주었다. 서로서로 도와야 하는 사이임을 넌지시 언급하는 것이다.

A : 도와줘서 고마워요.

B : 아뇨~ 당연히 도와야죠. 대리님도 저 많이 도와주시잖아요. 당연히 서로 돕는 게 맞죠.

그러고 나서 나도 한 번씩 도움을 요청하는 것이다. 동료인 경우는 간단한 일을 부탁했고, 직급이 나보다 높은 경우는 일을 진행할 때 조언을 요청했다. 도움이 일방적인 게 아니라 주고받아야 한다는 느낌이 오면 그 빈도수는 줄어든다. 그리고 상대도 내게 조심히 부탁하게 된다. 거래처에 한 분이 이런 방식으로 부탁을 주고받는 걸 보고 나도 따라 해보았는데 정말 효과적이었다. 이 원리가 적힌 책을 좀 더 일찍 읽었다면, 거래처 직원분을 좀 더 빨리 알았더라면 훨씬 좋았을 거란 마음이 들 정도였다.

우리는 겸손의 미덕에 너무 익숙하다. '아닙니다.' '괜찮아. 거뜬해.' 같은 태도가 과하게 요구되는 사회적 분위기가 형성되어있기 때문이다. 그렇지만 과공비례(過恭非禮)라는 말이 있다. 지나친 공손은 예의가 아니라는 뜻이다. 배려를 너무 과하게 베푸는 건 오히려 독이 될 수 있다. 괜찮다는 말도 좋지만 **원래 서로 돕는 거라고 넌지시 언급해보자. 그리고 당신도 상대에게 간단한 도움을 구해보자.** 호의를 갚아야 할 것 같은 느낌이 들고, 도움은 주고받는 거라는 걸 알게 되는 순간, 과하게 도움을 요청한다거나 권리처럼 생각하는 일은 현저히 줄어들 것이다.

2. 커피 한 잔의 기적

선의를 베푸는 것 중에 일을 돕는 것 말고, 간식을 건네는 방법도 있다. 사실 이보다 간단하면서 효과적인 건 없을 것이다. 때론 감정의 끈이 풀리기도 하고, 사이가 가까워지거나 내게 다른 도움을 주기도 한다. 작은 호의로 큰 호감을 사는 것이다. 점심을 먹고 나서 꽤 자주 커피를 사주시는 과장님이 계셨다. 평소에도 자주 사주셔서 그날은 내가 결제를 해야겠다고 마음먹었다.

"오늘은 제가 사겠습니다. 매번 받기만 했었는데
오늘 보답할 기회를 주세요. 뭐 드시겠어요?"

한 2초간 바라보시더니 이내 밝은 미소를 지으시며 "카페라떼!!"를 외치던 과장님의 반응을 잊을 수가 없다. 그리고 그날 나의 업무 실수를 관대하게 넘어가 주셨고, 정말 친절하게 이것저것을 알려주셨다. 정말이지, 커피 한잔의 기적이 아닐 수가 없다. 이것 말고도 포장된 간식을 서랍장에 넣어두는 것도 좋다. 젤리나 초콜릿, 스틱형 커피, 비타민, 일일 견과류 등 모두 좋다. 3~4시쯤, 당이 떨어지는 시간대에 하품 소리가 연이어서 나면 조용히 가서 하나씩 쓱 건네면 된다. 만약 믹스와 원두커피만 있는 사무실이라면 카푸치노나 카페라떼처럼 다른 종류의 커피를 준비해 센스를 발휘할 수 있다.

Say

<당신에게 꼭 하고 싶은 말>

참을 인(忍)이 세 번 모이면 화를 면한다고 하는데 정말이지 병난다. 호구가 되어 더 많은 일을 떠안게 될 것이고, 당신에게 고마워하는 사람도 없을 것이다. 그 회사생활의 끝은 결국 퇴사뿐이다.

간단한 방법으로도 마음을 얻고 당신의 몫도 잘 챙기는 사람이 될 수 있다. 당신의 슬기로운 직장생활을 응원한다.

올바른 선택과 결정을 하는 방법

[내가 잘못 선택한 건 아닐까?]

사회생활을 하다 보면 몇 번의 큰 고비가 온다. 사실 매일 매 순간이 고비지만, 유독 퇴사 욕구가 치솟는 날이 있다. 보통 3, 6, 9개월이라고 하는데 사회초년생이었을 때 나의 첫 고비는 바로 급여일이었다.

4대 보험과 소득세, 지방세를 제외한 월급은 내 몫이라기보다는 누가 먹다가 남겨놓은 밥상처럼 확 줄어있었다. 통장에 적힌 그 숫자를 보는 순간 처음의 패기와 열정은 사라졌고, 회의감이 들었다. '적성에 맞는 걸까? 받는 스트레스와 비교했을 때 월급이 너무 적은

데? 이 일을 계속해도 될까?' 이런 순간은 직장인이라면 누구에게나 찾아오기 마련이다. 효율성이 떨어지는 업무 방식을 고집하는 상사 때문에 초과근무를 하게 되었을 때, 그런데도 뭐라 반박조차 할 수 없는 내 직급에 괜스레 서러워지기도 한다. 그리고 맡은 업무조차 가치 없게 느껴지면 과거 본인의 선택을 후회하게 된다.

그렇지만 지금 내 성에 차든 차지 않든
그때 그 순간엔 이게 최선이었다.
이유 없이 차선책을 고르는 사람은 없으니까.

이 모든 게 과거의 잘못된 선택 때문이라고 자책하지 말아야 한다. 게다가 그때의 나를 미워한다고 해서 달라지는 것 역시 없다. 자신의 결정을 믿고 앞으로 무엇을 해나가야 할지 고민하는 시간이 좀 더 필요할 뿐이다.

[온탕과 냉탕을 함께 즐기자]

평생직장은 없다. '우리 회사 나 없이 안 돌아가~'라는 말은 대표만 해당하는 것이며 나를 대체할 인력은 사방에 널렸다. 그래서 나의 일을 찾아 나가는 건 분명 필요하다. 그런데 많은 사람이 무턱

대고 직장을 그만두고 설렘을 쫓는다. 간절한 마음은 알겠지만, 인생은 게임이 아니다. 물론, 과감히 도전하여 성공한 수많은 사례를 SNS와 뉴스에서 쉽게 접할 수 있지만, 특정 사례를 공식화하여 따라 하면서 무턱대고 덤비지 않았으면 한다.

지금 내가 걸어가는 이 길이 힘들다고 해서
반대편에 못 가본 길이 꽃길이라 생각하면 안 된다.

현 직장과 새로운 일, 그러니까 A or B로만 선택하다 하나가 실패하면 일어설 힘조차 없게 된다. 길을 잃었다고 생각하는 게 아니라 길이 사라졌다고 생각하여 회복 불가능한 상태에 빠지는 거다. 그렇기에 직장을 다니면서 아르바이트나 취미, 유사한 일, 교육 등의 자기계발을 통해 간접적으로 먼저 접해보는 게 중요하다. A, B 두 곳에 발을 담그는 것이다. 목욕탕으로 본다면 온탕과 냉탕에 다리를 한쪽씩 두는 것을 비유로 들 수 있겠다.

이런 과정을 통해 큰 리스크 없이 내 관심사와 재능이 어느 쪽에 더 많은지 알아볼 수 있다. 충분히 확인한 후에 온전히 곳으로 이동해도 늦지 않다.

[마음먹은 대로 안 되는 게 세상이다]

'할 수 있다. 난 대단한 사람이다.'
이 문장을 읽고 어떤 느낌이 들었는가?
단순히 이 글을 읽는다고 해서 자신감이 생기는 건 아니다.
아무것도 하지 않으면 변하는 건 없다.

아마 읽자마자 '난 아닌데.... 뭐'라는 속마음이 고개를 들었을 것이다. 어떤 일을 해낼 수 있는 능력이 있다고 믿는 그 마음. 자기효능감은 마음먹는다고 그냥 생기는 게 아니다. 크고 작은 도전과 그걸 이루려고 했던 나의 노력, 긍정적인 경험이 쌓여나갈 때 자신감은 자연스럽게 생긴다. 그러므로 겁 없이 여러 경험을 해봐야 하며 넘어졌을 때 큰 타격이 없는 완충재가 필요하다.

자전거를 처음 배웠을 때를 생각해보자. 부모님이 "뒤에서 잡아줄 테니까 겁먹지 말고 타"라고 안도감을 주었기에 계속 시도할 수 있었고, 그 과정에서 페달 밟는 법을 자연스레 터득한 우리다. 그렇기에 본업이 있는 안전함 속에서 되도록 많은 경험을 해보자.

애석하게도 대부분의 경험은 돈이 들기 때문에 직장을 내 꿈의 후원자로 활용하면 좋다. 나의 경우, 앞에 다녔던 회사보다 지금의 회사가 훨씬 잘 맞다. 하고자 하는 일과 관계는 없지만, 정시퇴근이 보장되어서 퇴근 후에 하고 싶었던 여러 일에 도전하고 있다. 그러고 나니 투자자가 돼준 '회사에 다니는 나'에게 감사함을 느낀다. 예전만큼 힘들지 않고, 확실히 마음이 편안해졌다.

내가 무수한 경험을 통해 쌓은 데이터와 능력은 앞으로의 선택에 확신을 주며, 후회 없는 선택을 하도록 만들어 줄 것이다.

ay

<당신에게 꼭 하고 싶은 말>

길을 잃는 꿈을 꾼 적이 있다. 흉몽 같아서 검색을 해보니 꿈속에서 어떻게 하느냐에 따라 다르다는 것이다. 길을 헤맸지만, 무사히 도착하는 꿈이면 오히려 큰 성장이 될 길몽이라고 한다.

살다 보면 누구나 길을 잃기 마련이다. 그때 어떤 선택과 결정을 하느냐에 따라 결과는 얼마든지 달라질 수 있다. 그러니 헤맨다고 너무 걱정하지 말고 다양한 경험을 하자. 그 경험은 당신의 선택에 확신을 줄 것이며 결국은 무사히 도착하게 만들 테니까.

나 자신이 초라하게 느껴질 때

[거짓 행복이 넘쳐나는 사회]

욜로(You only live Once, 인생은 한 번뿐이다)
소확행(소박하지만 확실한 행복)
힐링(Healing, 몸과 마음의 치유)
워라밸(Work and Life Balance, 일과 삶의 균형)

눈앞에 해야 할 일에만 신경 쓰다 보니 정작 중요한 것을 놓치는 경우가 많았다. 그래서 저 단어들은 쉼 없이 살아온 우리에게 단비 같은 말이었다. 그런데 어느 순간부터 이 소소한 행복에 쾌락이 포함되기 시작했다. '한 번뿐인 인생인데 이 베이지색 시트의 고급 자동차가 있어야 한다.' '일상생활 속 행복은 고급 디저트를 먹어야 생겨난다.'라는 간접메시지를 담은 마케팅이 여기저기서 쏟아졌다.

돈으로 살 수 있는 가짜행복은 금액적으로 비교할 수 있었고, 점점 경쟁이 되어 타인의 행복을 누르고 그 위에 자신의 행복을 쌓아 올리는 형태가 되어갔다.

어느 순간부터 행복도 경쟁이 되었고
행복한 사람의 순위가 생겨버렸다.

이러한 분위기는 자신을 초라하게 느끼게끔 한다. 해외여행은 선택이 아니라 필수가 되었고, 방학이나 여름휴가 때 어디 가지 않고 집에 있거나 친구랑 만났다고 하면 왜 그렇게 허비했냐는 사람들이 많아졌다. 나를 위한 소비는 경제적, 시간적 여유만 된다면 당연히 나쁠 것 없다. 그렇지만 행복감을 즉시 얻을 수 있는 거로 생각하고, 삶에 있어서 불편하거나 힘든 게 조금이라도 섞이면 다 불행이라고 분류해 버리는 건 잘못된 생각이다. 이런 마인드는 지루하고 반복되는 일로 가득 찬 일상을 견디기 어렵게 하고, 일시적인 쾌락에 익숙해져 가짜행복에 더 의존하게 한다. 결국, 외부로부터 채워질 수밖에 없어 나에게 행복의 권한이 없다고 생각하는 것이다.

[열심히 하는 게 뭐 어때서]

'청춘FC 헝그리 일레븐' 프로그램에서 축구 후배 선수에게 안정환이 건넨 말이 있다. 안타까운 마음에 내뱉은 말들은 직설적이었지만 사실 틀린 말이 하나 없었다.

"게을러서 어떡하겠다는 거야. 기회를 그렇게 많이 줬는데! 너 지금 몇 살이야? 지금 열심히 해야 해. 아깝지 않냐? 이 기회가? 단순하게 넘어갈 문제가 아니야. 네 인생이 바뀔 수가 있는 문제야."

모든 일엔 때가 있다. 원하는 바를 이루기 위해 그와 관련된 공부를 하는 게 당연한데, 한 번밖에 없는 젊음을 왜 공부하느라 다 써버리냐고 말하는 사람도 있다. 학교 끝나고 아르바이트하는 사람과 퇴근 후에 자기계발 하는 사람에겐 왜 그렇게 아등바등 사느냐고 잔소리를 하기도 한다.

열심히 사는 게 잘못이라 볼 수 있을까? 자신의 인생이 바뀔 수 있는 문제에 적극적으로 하는 건 바보 같은 게 아니라 멋진 것이다.

누군가 내게 10~20대에 꼭 해야 하는 것이 무엇이냐고 물어본다면 조금의 망설임도 없이 '내가 좋아하는 것에 대한 공부'라고 대답할 것이다. 대부분 사람이 열심히 산다. 바보라서가 아니라 자신의 삶을 위해 차근차근 앞으로 나아가는 것이다.

나 자신을 위해 좋은 곳에 데려가 맛있는 것도 먹고 힐링할 수 있는 시간을 제공해주는 건 너무나도 좋은 일이다. 그렇지만 그것만이 나를 위한 일은 아니다. 반복되는 쳇바퀴 속의 일들을 해내고, 자신을 믿고 하루하루 역량을 키워나가는 것 역시 자신을 사랑하는 방법이 될 수 있다. 새는 먹이를 발견하면 날개를 접어 급강하하고, 착륙할 때 날갯짓으로 속도를 줄인다. 새의 날갯짓이 상황에 따라 달라지는 것처럼, 인생도 해야 할 일에 몰두해야 할 때가 있고, 적당한 쉼이 필요할 때가 있다.

하루를 성실히 보내고 있는 당신은 결코 초라한 사람이 아니다. 시기에 맞는 날갯짓을 하는 것이며 그 어려운 일을 멋지게 해내고 있다.

ay

<당신에게 꼭 하고 싶은 말>

다시 말하지만, 열심히 사는 건 바보 같은 게 아니다. 한 번뿐인 인생을 온 힘을 다해 살아가는 것. 그게 진정한 욜로(You only live Once)이다. 인생은 정말 딱 한 번뿐이다.

어떻게 살아갈지는 온전히 당신에게 달렸다.

진짜 쿨한 사람이 되기로 했다

[진짜 쿨한 사람]

드라마 '쌈, 마이웨이'에서 애라는 백화점 안내데스크직으로 일하고 있었다. 그런데 백화점 사내 아나운서 자리가 갑자기 공석이 되면서 애라가 임시로 방송하게 되었고, 그 자리에 면접 볼 기회와 함께 거의 확정이라는 말도 듣게 된다. 사실 아나운서가 꿈이었던 애라는 세상을 다 가진 듯 기뻐했는데 갑자기 낙하산으로 들어온 직원으로 결정되어버렸다. 아마 상심은 말로 다 못할 만큼 컸을 것이다. 그렇지만 애라는 하늘을 보며 애써 쿨한 척, 괜찮은 척했다. 그런 애라에게 친구 동만은 이렇게 말했다.

고동만 : 그냥 울라고

최애라 : 뭐래....

고동만 : 울고 싶을 땐 센 척하는 게 쿨한 게 아니고 울고 싶을 땐 그냥 우는 게 쿨한거야.

어렸을 때 느꼈던 어른은 고통에 무딘 모습을 하고 있었다. 마치 굳은살이 생겨서 아픔을 덜 느끼는 거로 보였다. 그리고 쿨한 그 모습은 멋있었다.

그런데 어른이 된 지금 느끼는 건, **마음에는 굳은살이 생기지 않는다는 것이다.** 종이에 베일 때마다 매번 아픈 것처럼, 백번 다치면 백번 다 아프다. 심지어 어떨 땐 아는 고통이라 더 쓰리기도 하다. 물론 대수롭지 않게 넘길 때도 있겠지만 쿨한 척 하고 넘기는 경우가 더 많다.

사람이라면 누구나 청개구리처럼 이랬다가 저랬다가 감정이 수시로 변하고 때론 아이처럼 쉽게 상처받는데 이건 자연스러운 현상이다. 그리고 그걸 온전히 받아들이고 상황에 따라서는 표현할 줄 아는 게 필요하다.

울고 싶을 땐 우는 게 쿨한 것이다.
그래야 상처가 덧나지 않는다.

[내 감정에 솔직할 것]

우리는 슬픈 감정을 숨기는 데에 익숙하다. 제대로 마주하기보단 삼켜버리는 편을 택하는 것이다. 그래서 상대에게 건네는 위로도 "그래 울어도 돼. 괜찮아."라는 말보단 "울지마~ 괜찮아."라는 말을 무의식적으로 더 많이 주고받는다.

너무 힘들 땐 울어도 된다. 울게 되면 옥시토신과 엔도르핀 등의 성분이 분비되어 스트레스를 감소시키고 긴장감을 완화해 심적 고통을 줄이는 데 도움을 준다. 그래서 마음이 조금은 편안해지고, 잠시 놓쳤던 눈앞에 크고 작은 좋은 일들도 보이기 시작한다.

크리스마스가 되면 불렀던 노래 중에 '울면 안 돼'라는 게 있다. 아이의 울음을 그치게 하려는 부모님의 간절한 마음이 담긴 듯한 이 노래의 가사는 이러하다.

울면 안 돼~ 울면 안 돼~

산타할아버지는 우는 아이에겐 선물을 안 주신대.

그런데 산타할아버지가 정말 존재한다면 우는 사람에겐 선물을 안 주셨을까? 오히려 더 많이 줬을 거라 확신한다. **산타할아버지는 아주 많은 선물을 준비해놓고 기다리고 있다. 울고 싶을 때 울줄 아는 쿨한 당신을 위해.**

<당신에게 꼭 하고 싶은 말>

운다고 해결되는 일은 없다. 그렇지만 감정을 마냥 억압한다고 해서 해결되지도 않는다. 차오르는 슬픔을 모두 소화하며 살 수 있는 사람은 없다. 오히려 심적 고통을 눈물로 비워낸 그 자리에 무언가를 할 힘이 슬며시 들어오기도 한다.

우린 '시간이 해결해 준다.'라는 말을 많이 한다. 이 말은 시간이 흐른 뒤에 그걸 해결해 줄 당신이 있다는 뜻이다. 각자의 방법으로 감정을 해소하고 좀 더 힘이 생긴 당신 말이다. 그렇기에 **자신의 감정을 받아들이고 해소할 줄 아는 당신은 정말 멋진 어른인 것이다.**

당신의
무해한 관계를 위해서

몇 년 전, 영국 작가인 요한 하리(Johann Hari)의 <당신이 중독에 대해 안다고 생각하는 것은 전부 틀렸다> TED강연 영상을 우연히 보게 되었다. 끓여놓은 라면을 잊어버리고 몇 번이나 반복해서 볼만큼 내용은 흥미로웠다.

"중독의 반대말은 맑은 정신이 아니다.
중독의 반대말은 관계이다."

무언가에 중독되었다는 건 건강한 인간관계가 부족하다는 징후라고 한다. **의미 있는 관계를 맺지 못할 때, 필사적으로 그 공허함을 다**

른 데서 채우려고 한다는 것이다.

SNS를 보면 특정한 것에 과하게 몰입하고 열광하는 걸 쉽게 볼 수 있다. 고가의 맛집, 명품, 호텔 등등 강한 즐거움을 느끼려고 하며 그 모습을 인정받으려는 사람들로 가득하다. 단순히 무언가에 대한 소유욕이 중독수준으로 높아진 거로 비치지만 사실 **우리는 '올바른 관계'에 목말라 있는 것이다.** 많은 사람과 쉽게 소통할 수 있는 시대에 살고 있지만, 아이러니하게도 외로움이 가장 만연한 시대이기도 하다. 우리에겐 정서적으로 깊게 연결된 친밀감이 너무나도 필요하다.

자신보다 더 속상해하는 친구의 말에 편두통이 사라지기도 하고, 밥 잘 챙겨 먹으라며 주신 엄마의 멸치볶음과 미역국에 속이 편안해지는 사람도 있다. 퇴근 후에 같이 소주 한잔 기울여줄 회사 동료가 있어 회사생활이 쓸쓸하지 않고, 따뜻하게 손잡아주는 연인이 있어 힘을 내는 사람도 있다.

일상에서 우리에게 필요한 건
더 효과적인 두통약, 소화제가 아니라
나를 진심으로 생각하는 누군가의 무해한 마음이다.

그러므로 올바른 시선으로 좋은 관계를 선택하자. 당신은 그 누구보다 무해한 관계를 구축해 나갈 수 있다. 사실 당신에게 필요한 건 대인관계를 잘 풀어가는 방법이 아니다. 이미 알고 있는 것을 실천으로 옮기는 용기가 필요하다. 영화 매트릭스에 모피어스는 이런 말을 했다.

"길을 아는 것과 길을 걷는 것은 다르다."

자신의 선택에 따른 책임이 두렵고, 확신이 부족할 수도 있다. 그렇지만 그럴 때일수록 자신을 믿어야 한다. 그리고 잊지 말았으면 한다. 어제보다 오늘, 오늘보다 내일 더 행복해질 것이다. 왜냐하면, 당신도 생각 이상으로 무해하고 맑은 사람이니 말이다.

-따뜻한 수프 올림

무해한 인간관계를 위하여

초판 발행 | 2023년 08월 17일
2쇄 발행 | 2023년 10월 12일

글 | 따뜻한 수프
표지 | Deep&Wide

펴낸곳 | Deep&Wide
발행인 | 신하영 이현중
편집 | 신하영 이현중
도서기획 | 신하영 이현중 윤석표
마케팅 | 신하영 이현중 윤석표
주소 | 서울특별시 마포구 성미산로 1길 21 사울빌딩 302호
출판등록 | 제 2020-000209호
이메일 | deepwidethink@naver.com
ISBN | 979-11-91369-43-4

저희는 책에 관한 아이디어나 조언 그리고 원고 투고를 언제나 기다리고 있습니다.
deepwidethink@naver.com으로 당신의 아이디어를 보내주시고 출간의 꿈을 이루어 보시길 바랍니다.
당신도 멋진 작가가 될 수 있습니다.